아침달 시집

유리유화

이유운

시인의 말

이제 모든 의자는 자리를 찾았다

유월의 첫날

이유운

차례

1부
나 크면 두꺼운 살결을 가지게 될 거야

2부
이 집으로 들어오는 사람들에게 고하라

3부
포기할 수 없는 어떤 마음들이 창문을 연다

4부
꽃…… 뿌려주러 올 거지?

발문

1부
나 크면 두꺼운 살결을 가지게 될 거야

sunkissed baby

> "폴렌타 속의 아이는 모두가 두려워하는 개의 뼈다.
> 아이가 누군가를 바라보면 그 사람은 저절로 뼈로 변한다."
> —아글라야 페터라니, 『아이는 왜 폴렌타 속에서 끓는가』

내가 태어난 창문

두꺼운 빛이 아침마다 비스듬하게 쏟아져 들어와 아름다웠지 그 빛이 묻은 담요는 절대 더러워지지 않았다 불꽃처럼

종종 우리 집 앞마당에는
천사가 와서 그 빛에 태닝을 하고 갔다

그는 빛의 값으로 그림자를 두고 갔지
그것은 아름답게 나의 창문에 눌어붙었다

그림자가 쌓이고 쌓여
창문이 벽처럼 어두워졌을 때

그 사이로도 성실하게 밀려오던

빛

미역국을 끓이면 올라오는 창백하고 희미한 김 같았다

햇빛 아래에서 잠든 천사를 바라보며 밥을 먹었다 절대 만질 수 없는 것들이 내 입안으로 들어와 나의 전체 혹은 일부를 구성한다는 과학을 생각하면서

어린 나와 천사만 사는 집

단단하게 빈
집

그것 또한 빛을 닮았다

나는 천사의 옆에서
모래 위에 그림을 그렸다

할머니나 엄마
아무튼 늙은 여자들의 얼굴을

나를 집에 남겨두고 떠난 여자들에 대해 골몰하고 있으면 천사는 빛 때문에 뜨거워진 손등을 내 이마에 대었다 천사는 내가 아플까 봐 자주 걱정했다 내가 태어난 가을 낮, 가을치고 따갑고 무거웠던 빛, 그 빛을 입고 태어난 아기에 대한 걱정
그는 나 대신 앞마당에서 쏟아지는 빛을 받아먹었다

천사의 갈색으로 그을린 손등

나는 자라
최선이 무엇인지 알게 되었다

정상가족

나는 야윈 얼굴로 나를 본다
깊은 물속에 나를 담그고

거꾸로 자라는 나무들을 본다

꿈속에서는 모두 거꾸로 해야 해. 뒤로 걷고 물음표부터 읽고 그리고 머리를 물속에 처박고 느리게 자라고. 영원히 모든 것을 거꾸로 하다 보면 나무가 될 것 같았지. 내 주위의 모든 생물이 열심히 진화하려고 할 때 나는 퇴화하려고 했어. 남들이 모르는 마음으로.

짧아지는 나무의 잎맥

식물원 티켓이 종이로 만들어진 게 얼마나 이상한 줄 몰라. 나는 이 티켓에 이름을 붙여. 안녕, 오래전 거꾸로 자랐던 나무야. 긴 이름은 발음하기 어렵고 그러면 저주하기가 어렵다는 이유로 붙인 이름.

잎에서부터 뻗어 나가는 나뭇가지

축축한 공기 속을 열심히 걸었다. 열심히 걸을수록 티켓의 수명은 짧아졌고 나는 거꾸로 자랐던 나무의 목숨이 아까워서 내 걸음으로 둥글고 큰 원을 그렸다.

일기장에 티켓을 오려 붙였어. 나무와 꽃이 인쇄된 부분만을, 마치 수술을 하는 것처럼 조심스럽게 종이를 오려서 손바닥으로 그것을 눌렀다고.

종이를 누를 때 글자들의 맥박이 느껴졌어.

꿈을 꾸기 위해 거꾸로 침대까지 걸어가
머리를 문 쪽으로 두고 누우며
야윈 얼굴을 한 나를 붙들고
영원히 말한다

나를 미워하지 마

달의 근처까지 자란 뿌리

꿈속에서 나는 아이를 가졌다. 엄마, 저기 봐, 저 나무가 참 예뻐. 나는 내가 모르는 남편과 낯선 아이의 손을 잡고 흔들어 그를 공중으로 들었다가 놓으며 그래, 참 예쁘다. 대답한다. 아이의 이름을 생각해내려고 골몰한다.

뿌리의 그림자 아래에서 나를 닮은 아이의 얼굴을 본다.

야윈 얼굴이다.

아이는 내가 그를 미워하지 못하도록 너무나 긴 이름을 가졌다.

예당저수지

제가 태어난 마을에는 유행이 있는데요, 다들 절박한 소원이 있다는 거죠. 자정이 되면 마을 어귀의 호수에 가요. 천막을 치고 어죽을 먹는 관광객들 옆에서 경건하게 손을 모으고요, 기도를 해요. 손가락 끝에 안개가 물방울로 맺혀요. 어는점까지 기온이 내려가요. 습한 안개가 내려앉으면 물고기들이 입을 벌리고 올라오는 것을 아나요? 호숫가에서 자란 아이들만 아는 비밀입니다. 뻐끔뻐끔 물 밖으로 올라와 입을 열었다 다무는 거. 저거 키스 같지? 손을 모으고 있다가 누군가 속삭인 불경한 말에 고개를 숙이고 키득거려요. 안 들리는 척하지만 어른들도 웃어요. 뒤에선 이상해 보이겠지요. 우리들의 어깨가 한꺼번에 움츠러드는 것이. 기도에 홀려서 어깨를 들썩이는 이상한 사람들처럼 보일지도 모르지만 웃음을 멈출 수가 없는 거예요. 호숫가에 서면…… 관광객들이 숟가락을 휘두르며 내 등 뒤에 대고 말해요 *이거, 호수가 아니라 저수지잖아.* 이래서 도시 사람들이란…… 다들 고개를 흔들어요. 물가에서 자란 사람들은 원래 그래요. 뻐끔거리는 것처럼 고개를 흔들고 그래요. 손을 모았다 풀어요. 손바닥 사이에 흐르는 빗물. 미지근하고 비린 냄새. 장마.

도상의 변천

내가 너를 배고 있을 때 많은 책을 읽었다 나는 네가 교수나 과학자가 되기를 바랐다 하지만 산파는 배꼽 아래를 어루만지면서 네가 탁월한 장사꾼이나 멋진 마술사가 될 거라고 했어 실망하는 나의 표정을 보고 산파는 내 볼을 어루만지며 말했지 "울지 말거라 너의 아기는 너에게 멋진 집을 사주겠지 화려한 꽃다발을 훔쳐 오겠지 혹은 아직 없는 것들을 마술로 만들어주겠지"

푸르뎅뎅하게 부은 내 손발을 주무르면서 부르는 산파의 노래에 나는 태어나지 않은 너의 손발을 상상했지 네가 만들어줄 나의 미래를

무엇 하나 부족함이 없는 남루한 방 종교화처럼 앉아 있는 나와 내 아기

흔들의자에 앉아 네가 태어나 입을 스웨터를 떴다 그래 지금 바로 이 의자 그때 말이야, 허물어지기 직전의 방문이 덜컹거렸다 시끄러운 소리에 배가 흔들리면 나는 팔걸이를 어루만지며 "걱정 마 아가야 난파한 신이거나 굶주린 남자일 뿐 성스러운 것은 이 방으로 들어오지 못한단다" 말을 했지 말했지 한참

나는 나뿐인 집에 울려 퍼질 울음을 흉내 내어 입을 벌려 보기도 했다 지금은 모두 빠진 나의 이 그건 네가 물려받았지 아가야 나는 네가 우는 게 좋아 내 잃어버린 치아가 모두 네 입에서 제자리에 있는 걸 보고 나는 전율한단다

아가 저기 창문을 좀 보자 모두 같은 얼굴로 별들이 붙어서 있다 네가 고요하게 잠들기를 원하고 있지

흔들의자에서 요람으로 너를 옮겼다

죽은 것처럼 잠든 아기

이마를 짚으면 차갑고 여린 살갗이 주는 두려움

이 방에서는 모든 게 보이거나 보이지 않았다

최후의 애도

최후의 애도가 필요한 최후의 최후 장례식에 앉아 있었어 애도에 필요한 예복을 갖추지 않았는데도 아무도 나에게 나가라고 하지 못했어 내 얼굴이 애도와 꼭 닮았기 때문이지 조문객들은 수군댔어 어머, 저 애 좀 봐, 애도랑 꼭 닮았네 나는 발을 흔들었지 누군가 내 얼굴이 애도와 닮았다는 말을 할 때 나는 그 말에 응답해야 했어 되도록 순진한 행동으로 그래야 애도가 더 슬픈 얼굴로 등장할 수 있었거든 애도는 나를 장례식장에 복선으로 심어둔 거지 보다 극적인 등장을 위하여

문이 열렸어 애도가 들어왔지 최후의 애도는 우아했어 애도 이후의 애도는 없을 것이 분명했지 애도의 검은 우단 드레스 깃, 높고 아름다워 애도는 그 깃 사이로 얇은 목을 꼿꼿하게 세우고 걸어와 내 뺨을 매만졌다 그가 나를 매만지는 손, 눈물처럼 차가웠어 나는 슬퍼졌지 차가운 손은 곧 소멸로 이어지므로 애도는 나를 보고 웃었어 그 순간의 애도는 희박했어, 투명하다고 착각할 만했지

애도는 투명해진 채로 창문을 열었어 쏟아지는 빛 속에서 춤을 추고 물구나무도 서면서 죽음을 추모했어 그가 너무 투명했으므로 화환이 떨어지고 이상한 소리가 들릴 때마다 다들 억울하게 죽은 자의 마지막 몸부림이라고 생각했어 사람들은 이 순간 애도가 필요하다고 엄숙하게 선언했어 그런데 막상 애도는 장례식 한가운데서 춤을 추고 있었지 사람들은 애도가 필요했어 하지만 애도를 기억하진 못했지 기억하지 못하면 애도는 점점 흐려지니까

사람들이 슬퍼하는 척을 겨우 마치고 장례식이 끝났을 때 애도는 완벽하게 투명했어 죽음보다 흐릿했어

소프트 사이드

구르는 바다
분명 상상해본 적 있겠지

오래 있을 어둠과
하얗게 빛나는 믿음 사이

의 무거운 물

이것들이 모두 모래에서 시작했다는 전설

"아주 먼 옛날"

나이 든 사냥꾼이 네모난 자갈 위에 서 있었다 죽은 아내를 끌어안고
영원의 시간을 기다리면 다시 그가 살아날 거라는 예언을 믿고
꼿꼿한 자세로 네모난 자갈을 둥글게 쌓아 올렸지

네모난 자갈이 둥글게
둥근 자갈이 희미하게

흩어지고

그의 발에 걷어채던 자갈이
무덤처럼 수북하게 모래가 되고
발바닥 밑이 아기의 웃음처럼 간지러운 흙이 되고
물이 천천히 그 아래로 고이기 시작했을 때
분명 가슴 아래에서 무언가가 걸리적거렸지만

사냥꾼은 몰랐다

그가 먹기 위해 죽였던 모든 짐승들이 다시 태어나
그의 주변에 나라를 짓고 전쟁을 하고 사랑을 하고 매음을 하고 수술을 하고 인쇄를 하는 동안

자신은 계속해서 서 있기만 했다는 것을

목젖까지 물이 차올랐다
짠물이 입천장에 껄끄럽게 닿고
물렁물렁한 물고기가 그의 입안으로 뛰어들었을 때

사냥꾼은 웃었다

물고기의 살점은
아내의 입술처럼

입술
처럼

"그런 전설이 있었지"

검표원이 반으로 찢은 티켓을 건넸다
젖어 있었지

황급히 고개를 돌려 그를 바라보았다
오래된 사냥용 가죽장갑을 낀 손

그는 웃으며 손을 흔들었다
오래 오래

기찻길 아래로 짠물이 스며들고 있었다

꽤 투명한 사람에 대한 이야기

투명하고 창백한 얼굴의 사람이 있었어 빛이 그의 이마나 뺨에 닿으면 유리 조각처럼 부서져 흘러 그의 눈을 보고도 햇빛의 뜨겁기를 알 수 있는 투과율 좋은 효율적인 사람이었지 그건, 밖으로 나가지 않아도 그의 뺨과 눈동자 구멍에서 비쳐 나오는 빛만을 보고서 바깥의 날씨를 알 수 있었기 때문인데 마찬가지로 효율적인 추론이었다

꽤

오래 생각하지 않아도 되고

추론의 결과로 내가 다치지 않아도 되는

가정용 예배와 휴대용 신이 필요할 때가 있었다 신의 집까지 가기 위한 골목에 흉악한 사람의 집이 너무 많은 때

햇빛이 원자폭탄의 섬광처럼 느껴질 때, 그는 그런 여름이 '섬뜩하다'라고 했다 '섬뜩'이라는 단어를 그가 발음할 때마다 하악골부터 흉골까지, 뼈 바로 위에 살갗이 들러붙어 자라는 기묘한 감각을 느꼈다 그걸 설명하려고 돌아볼 때,

그는 인간의 형상을 한 과자를 머리부터 아득 씹어먹고 있었다 발치로 떨어진 설탕 조각

만질 수 있는
어떤 존재의 흔적들이

파문처럼
지문이

흩어지고

"나 크면 두꺼운 살결을 가지게 될 거야."

양산과 스카프, 롱스커트, 부츠를 신느라 나를 현관에 오래 세워두는 그가 미워서 주먹을 꽉 말아 쥐고 소리쳤다 여자아이들은 누군가를 상처 입히기 시작하면서 자라기 마련이고 남들이 주려고 벼르던 상처를 미리 빼앗아 품에 안기 시작하면서 늙기 마련이지 나는 그러면 그때……

그와 어색한 산책을 하고 돌아와

설탕 배 통조림을 까기 위해 선반에 올라섰을 때

그가 자신의 얼굴처럼 매끈하게 닦아놓은 대리석 위로

내 얼굴이 비치지 않는다는 것을 깨달았다

선반 위에 엎드린 채로, 기도하는 것처럼, 얼굴을 쓸어보았는데, 주먹만이 불투명하고, 동그란 주먹이 만지고 있는 얼굴은, 투명했다

점차

어두운 회색의 눈동자를

쓸어보면서

부츠를 벗느라 현관에 오래 서 있던 그에게 고개를 돌리고 말했다

밖에

비와

상실의 집에서 자라는 여자아이의 얼굴은

자장가를 흥얼대는 유모의 얼굴을 닮았다. 아이는 낳은 자가 아니라 기른 자를 닮는다. 어루만져 이루어내는 손에 생장이 있었다.

아이는 대개 소녀일 때부터 어떤 불꽃의 여자가 될지를 정하는데, 아무리 숙련된 유모의 손길이라도 아이의 내장을 어루만질 수는 없다. 요람에서 걸어 나올 만큼 자라고 나서야 아이의 불꽃이 발바닥에서부터 두근거리며 요동치는 것이다. 고요하지만 확실하게.

응시와 기록. 아이의 얼굴에 처음으로 여자의 이목구비가 떠오를 때, 표정이 모두 사라진다.

여자와 같은 지붕 아래에 있게 된 사람들은
여자아이를 길렀던 사람들과 같다고 확신할 수 있을까.

여자는 문득 자신의 이목구비가 분비물 같다고 생각한다. 그가 모든 게 다 귀찮다는 것처럼 마른세수를 하자 그것들이 축축한 습기만을 남기고 모조리 떨어진다.

유모는 텅 빈 요람을 흔들고 있다.

하지夏至의 설계도

불꽃을 물레에 올리고
흠 없는 윤곽에 대해 골몰했지

나 아름다운 집에 살고 싶어
빛이 살결처럼 흐르는

마당에 나앉으면 그림자 모양을 따라 기쁨이 깃들었다

해를 따라 손발의 그림자가 길어져
싸리문까지 한 번에 어루만져 볼 수 있어서

외롭지 않았다

있음 없이 가능한 존재를 어딘가에 분명히 아로새기고

튜닉처럼 나부끼는 벽
시간을 읊는 마음으로 하여금
빛나게 되는 창틀과 격자

반사광은 아무리 노려봐도 눈이 멀지 않지

인간의 프리즘을 통과한 것은 힘을 잃는다

아름다운 집은

두껍고 짙음이 아닌

얇고 투명함을 추구하지

내 주변으로 둥글게 벽돌을 쌓아 올린다

그 사이를 손가락으로 훑으면 먼지처럼 공기와 빛이 묻어 나온다

계속해서 훑는다

집이 가벼워진다

빛을 따라

능선을 향해

「부록」

덜 자란 소년과 소녀가 몰래 집 안으로 들어왔다. 소년은 샤뱅 이었고, 소녀는 홍콩에서 태어났다. 소년은 눈이 아름다웠고 소녀는 키가 컸다. 소녀는 이 마을에 이사 온 지 얼마 되지 않았다. 그의 아버지는 홍콩에서 유명한 한의사였지만 소년의 가족들은 모두 그를 마술사라고 불렀다. 아버지는 그런 사람들 앞에서 짐짓 예의 바른 척 고개를 끄덕였지만 집에서는 그들이 못 배워먹은 검둥이라고 격분했다. 어른들의 그런 호칭은 둘에게 어떤 방해도 되지 않았다. 오히려 마술사, 검둥이라고 부르는 목소리 사이에서 서로를 그런 대명사가 아닌 이름으로 부르며, 햇빛의 각도를 나눌 수 있었다. 둘은 모두 갑작스럽게 키가 자랐지만 살갗이 그 성장의 속도를 따라가지 못해 어설프고 흰, 살이 갈라진 자국이 허벅지에 아로새겨져 있었다. 그런 자국이 생기는 나이면 그렇듯이, 앞다투어 그 자국을 서로 문지르고 싶어 안달이 나 있었다. 마을 어귀에는 오래된 원형 극장이 있었고 그 앞에는 당밀케이크를 파는 상인들이 늘어서 있었다. 소년과 소녀는 서로 모르는 사람처럼 그 거리를 지나갔다. 그 거리 끝에는 오래된, 아름다운 집이 있었다. 성당처럼 스테인드글라스가 있었고 벽에는 페리윙클색 페인트를 고르게 펴 바른 집이었는데, 아주 오랫동안 사람이 살지 않아 먼지가 내려앉아 있었지만 여전히 스테인드글라스를 통해서는 아름다운 빛이 쏟아져 들어왔다.

"이 집은 누가 지은 거야?"

소녀가 먼지 쌓인 의자를 끌고 와 앉으며 소년에게 물었다. 소년은 그의 발음이 아름답다고 생각했다. 그 발음을 들으면 평평한 혀를 상상할 수 있었다. 'r'이나 'h' 발음을 목구멍이 아닌 입천장에서 내는, 평평한 혀 말이다. 그 평평한 혀와 입을 맞추고 싶었다. 소년은 일어나서 프랑스어가 섞인 영어로 대답했다.

"마녀가."

소녀는 웃었다. 소녀가 입을 벌리고 웃자, 그 안으로, 그러니까 소년이 평평하다고 상상한 혀 위로 스테인드글라스를 통과한 색색의 빛이 쏟아져 고였다. 소년은 소녀의 벌린 입술을 만졌다. 혀는 동그랗고 안으로 부드럽게 구부러져 있었다. 그 구부러진 홈으로 빛이 고였다. 소녀의 혀는 평평하지 않았다.

☾ 이 부록은 이사벨 아옌데, 『세피아빛 초상』(조영실 옮김, 민음사, 2022)을 생각하며 썼다.
☾☾ 샤뱅(chabin). 백인의 형질을 가진 흑인을 가리키는 크리올어.

부서진 빛의 의지

대단하지
중정을 비추는 빛의 의지가

한가운데에는 늙은 여자가 뜨개질을 하고 있다. 여자의 거친 손이 실을 쓰다듬을 때마다 매끄러운 윤곽이 등장한다. 갑자기 끌려 나온 배우처럼 어리둥절한 모양이다. 어린 내가 무릎을 모아 안고 그 모양을 바라보고 있다. 손을 뻗는다. 만진다. 번져서 흩어지는 빛……. 나는 매끄러운 윤곽을 잃어버리고 울먹거리며 고개를 든다. 늙은 여자. 거친 손으로 나의 이마를 쓰다듬는다. 내 이마에서 매끄러운 윤곽이 다시 등장한다. 아름답게. 영원하게. 애달프게. 한순간에.

내 늙은 여자의 몸은 구김이 없지
하얗고 달콤하지
부드러운 빛을 가득 담고
안쪽에서 빛나지

접촉은 대립. 그의 손이 나를 만질 때, 그 오래된 금기가 깨진다. 나를 만지지 마라. 무덤에서 나온 지 얼마 되지 않아 축축한 손이 내 입술을 만진다. 금기가 깨어져 중정 한가운데에 굴러다니고 있지. 깨진 조각의 테두리. 날카롭다. 그것을 우리는 의지라 부르기로 합의했다. 악의는 대부분 합의로 이루어진다.

나 당신을……

불현듯 시간이 들면 나이를 먹는다는 사실을 깨달았을 때, 내 늙은 여자는 코바늘을 무릎에 내려놓았다. 코바늘의 무게 때문에 그의 치마에 구김이 갔다. 그에게 생긴 최초의 구김.

검고 쓰지
부서진 그림자의 파편 근처에서
바깥쪽으로 뻗어 나가지

갑자기 나이 든 내 손. 구겨진 손바닥을 펼쳐 보인다.

중정에는 폭포처럼 빛이 쏟아지고 있다.

겨울이다.

보육

빈방을 채우고 있는 건 어린아이의 연약함에는 무관심한 가재도구들에서 새어 나오는 조악한 빛. 깊이도 무게도 사라진 집에서 입을 다물고 있는 것은 사람이 아니라 가재도구들뿐. 햇빛이나 별빛을 반사해 만들어낸 빛과 열. 미음을 만들기 충분한 정도의, 내 이마를 닦는 빛과 열. 차분하고 꾸준한 움직임.

그들은 자신을 위해 나를 만들었지
나는 그들의 둥근 문진. 나는 옥처럼 빛나는 이마를 가지게 되었다

날아다니는 종이들. 이 가재도구들의 빛을 빼앗는 차압딱지들. 보육의 은혜를 갚기 위해 내가 둥근 이마로 눌렀던 종이들. 가재도구들의 안녕을 고하는 종이들.

물건에는 영혼이 없어
나는 영혼 없는 것들이 키웠네

파산하는 집에서 탈출하는 것은 가재도구들이 아니라 사람. 몸을 가진 것들. 울리는 목소리와 스스로 체온을 조절하는 힘을 가진 것들. 빛이 방 안을 가득 채워도 손이 차가울 수 있는 것들. 한겨울이 되어도 뺨이 뜨거울 수 있는 것들.

불타는 집에서 흩날리는 재. 이마에 달라붙는다. 쓸어본다. 뜨겁다가 한순간에 식는다. 가재도구들이 마지막으로 내게 뻗은 빛과 열. 바스러진 보육의 흔적을 손바닥에 올려놓는다.

두려워
이제 나를 돌봐주는 방이 없네

우두커니 허술한 얼굴을 하고 길거리에 서 있다. 길거리에 있던 새롭고 낯선 가재도구들이 나를 바라본다. 그들의 시선이 나의 연약함을 정확히 향하고 있다는 것을 알아차린다.

2부
이 집으로 들어오는 사람들에게 고하라

칵치켈의 달

"내 아들들아, 우리는 어렸을 때 이미 고아가 되었다.
우리들은 모두 그랬다. 우리는 죽기 위해 태어났던 것이다."
—Annals of the Cakchiquels

창백해진 신을 끌어안고 걸었다. 그의 작은 손이 얼었는지 계속해서 만져보면서.

금지된 것들은 종종 빛무리처럼 보였다.

소진된 언어, 지친 얼굴들을 말하는 언어가 길모퉁이를 가리키고 있었다. 나는 신을 바투 끌어안았다. 그를 달래기 위해 없던 사건들을 말했다. 창조. 제의. 사물들의 이름. 사랑. 뺨을 만지는 손.

흙바닥에서 별이 뜨기 시작했을 때. 기적 혹은 이상 기후. 순례는 멈췄다. 빛으로 길이 젖었다. 무릎을 꿇고 기도하는 사람들. 나는 그들 사이에서 사랑을 학습했다. 무릎을 적당히 꿇는 법. 오랫동안 고개를 숙이는 각도. 간지러운 머리를 긁지 않는 인내심. 만들어진 사랑이 내 몸에 들러붙었다. 사랑을 두르고. 학습하고. 꿇었던 무릎이 화끈거렸다.

부끄러워하는 볼 대신에.

금지된 것들. 빛나는 것들. 나는 무릎을 매만지며 생각했다. 신이 나에게 안긴 채로 빛무리를 바라보고 있었다. 터부시되는 장면. 나는 그의 눈을 가렸다. 긴 속눈썹에 손바닥이 간지러웠다.

모퉁이를 돌면 금지된 것들이 있을까. 죽음. 전례. 신의 이름. 혀 아래에 동전을 넣는 손. 손바닥을 치우자 신은 울고 있었다. 우는 그의 얼굴이 낯설다. 새로 태어난 아기처럼. 나는 낯설기 때문에 착각했던 것들을 떠올렸다. 그의 주변으로 세계가 점점 희미해지고 있었다.

그는 계시를 내린 적이 없었다.
결백한 신이었다.

기도실이 보이는 호텔 발코니에서

자네들
태어났군

바빴을 텐데
프렌치프라이가 식기도 전에 태어났군

어제는 종이로 접은 침대 위에서 잤다네
발코니도 책도 도로도 접을 수 있다는 자네들 기도를 믿는 건 아니지만

부드럽고 평화로운 꿈은 믿을 수 있지
자네들 신앙 덕에 편안히 잤다네

내 빚을 졌네
꼭 갚겠소

정말 희한해
신은 인간의 가장 기발한 생각인데

인간을 벌주다니

어지럽고 녹슨 종이들이 비틀거리며 걸어오는데
비가 내리네

어떤 시대에는 젖은 종이들을 보고 순례자라고 불렀지

걸을 때마다 고이는 물… 개발새발 써넣은 죄악과 고해… 깨진 빛과 유리… 탄 냄새가 고약하게 나는 스테인리스 냄비…

왜
종이로 시작되는 종교가 있는지 아나?

자네들 말에 따르면 신의 입이 그곳에 있어서지만 사실은 인간이 만든 것들 중 유일하게

녹슬지 않아서라네

나 언제나

자네들 신앙에

수작 부리고 싶지

헛소리 지껄이고 다닌다네

여기 침 뱉는
이 어린 순례자의 얼굴

잘 봐두게나

아주 먼 역사의 끝 나
모독된 신이 될 걸세

☾ 2018년 개봉한 코르넬 문드럭초 감독의 영화 〈주피터스 문〉의 대사.

영원히 옮겨 다니는 짐승

사랑하던 짐승이 있었다. 나는 그에게 사랑의 증거로 이름을 붙여주고 싶었다. 나의 모든 기억을 빨아들이고 새로이 어른이 될 짐승. 내가 이 생애에 이 완벽한 짐승과 살았다는 마지막 증거는 그의 이름이 될 터였다. 나는 짐승의 태몽을 생각했고 짐승의 태동을 기억해냈으며 짐승의 첫울음을 기록했다. 이름을 뭐라고 해야 오래 살까요. 보는 사람들마다 그들을 붙들고 물었다. 짐승에게는 먹을 것의 이름을 붙여주어야 오래 삽디다. 갈색 털을 가졌으면 초코, 검은 털을 가졌으면 후추, 하얀 털을 가졌으면 설기. 나는 한밤중과 흰 새벽까지 짐승의 이름을 고민했다. 아니, 기록될 내 이름을 고민했다. 해가 떴다. 출산예정일에 맞추어 짐승을 낳아야 했다. 이 짐승이 오래 살 수 있는 팔자를 가질 수 있도록. 짐승은 성공적으로 태어났고 뿌듯하게 자랐다. 털이 부드러워지고 턱이 아주 많이 벌어지게 되었다. 그가 충분히 자랄 때마다 나는 그의 이빨을 뽑아 귀걸이를 새로 만들었다. 반짝반짝 빛나는 귀걸이를 보면서, 짐승은 벌어진 턱과 입 사이로 어떤 것들은 삼키고 또 어떤 것들과는 키스를 나누고 돌아왔다. 아무리 힘을 써도 그의 이빨을 뽑을 수 없게 되었을 때, 나는 그를 탈출시킬 준비를 해야 했다. 그가 나를 상처 입히고 온전히 떠날 수 있도록 해야 했다. 나는 이 세계 마지막 남은 왕. 이제부터 짐승은 내 앞에 무릎 꿇은 가장 비참한 패배자. 나는 너무 커서 흘러내리는 왕관을 손으로 쥐고 계시를 내렸다. 탈출하여라. 멀리 달아나거라. 그래서 새로이 세운 나라에서는 나를 영영 미워하도록 하여라. 그러면서도 네 이름을 버리지 못하여 나를 원망하고 괴로워하면서도 그 이름으로 살아가 결국은 내가 되도록 하여라. 멀리 떠난 짐승이 새로 나라를 세우고 그 나라의 모든 사람들에게 나를 저주하기 위한 율법을 세웠다는 소식을 들었다. 나는 그 전단지들에서 짐승의 이빨이 잘 보이는 부분만을 오려서 벽에 붙여두었다. 나라가 곧 멸망합니다. 경고음을 기쁘게 들으며 고개를 흔들었다. 귀걸이가 소리를 냈다. 반짝반짝.

이 "아니요"는 언제나 "네"라고 대답하는 한 남자에게는 가혹한 것이었다

사람 사이에서 가장 사람다운 사람이고자 투쟁하는 남자가 있었다. 그는 매일 일기를 썼다. 매일매일 자신의 탄생까지 소급해서 기록을 남기고자 했다. *이른 저녁으로 우거짓국을 먹었음. 우거짓국을 먹기 전에 수업을 들었음. 수업을 듣기 전에 버스를 놓쳤음. 버스를 놓치기 전에 늦잠을 잤음. 늦잠을 자기 전에 자고 있었음. 자기 전에는 깨어 있었음.* 여러 사건들을 소급하다 보면 빼곡하게 그의 탄생까지 거슬러 올라갈 수 있었다. 그는 마지막으로 '태어났음'을 적고 나서야 일기장을 덮었다.

만들어지지 않고 태어났다. 명백한 사실을 증명해야 했다. 버림받지 않고 누군가 나를 사랑해서, 원해서 낳았다. 그 증명의 목소리가 애달프고 절박해서 기도로 착각할 만했다. 하지만 그는 버림과 사랑이 같은 어원을 가지고 있음을 알지 못했다.

옆구리와 무릎, 귀밑을 벅벅 긁으며 일어섰다. 만들어지지 않고 태어난 사람. 그런 정체성을 잃지 않고, 여전히 사람 중의 사람이기 위해서는 그는 끊임없이 투쟁해야 했다. 그것만이 그의 쓸모였다.

창문으로 거리를 내려다보았다. 탄생까지 소급하는 작업은 매일매일 더 많은 시간이 필요했다. 어렸을 때는 노을이 지기 전에 그 작업이 끝났다. 이제는 새벽이 되어서야 겨우 끝난다.

사람이 한 명도 없는 사거리는 자연스럽고 활기차 보였다. 그는 발가벗고 사거리 중앙으로 뛰쳐나가고 싶어 견딜 수 없었다. 목과 가슴팍이 간지러웠다. 벅벅 몸을 긁었다. 저 사거리에 우뚝 서면 새벽의 유일한 사람이 될 수 있었다. 하지만 그는 옷을 벗는 대신 옷 위로 피부를 계속 긁어내렸다. 거리 사이가 아니라 사람 사이에서 그는 가장 사람다워야 했기 때문에, 그는 인내해야 했다.

새벽 거리가 점점 더 어두워졌다.

창문에 다 담기지 않는 사거리 뒤편에서는 그와 똑같은 얼굴을 한 남자들이 우루루 네 발로 뛰어오고 있었다.

☾ 모리스 블랑쇼, 『최후의 인간』(서지형 옮김, 그린비, 2022)

위령제

그는 매끈하게 존재했다. 앞다투어 그를 매만지고 가꾸는 손들 탓에 윤곽이 흐릿해진 채로 존재했다. 병을, 소란을, 성장을, 여름을 낫게 해달라는 소망을 담아 사람들은 허겁지겁 그의 옷자락을 쥐었다.

사랑받는다는 건 윤곽을 포기해 간다는 것을 의미했다.

무언가는 끊임없이 태어나고 어떤 것은 끊임없이 죽었다. 저항할 수도, 회개할 수도 없는 탄생이 반복되었다.

너무 만지고 만져 투명해진 발목으로 여기저기를 걸어다녔다. 그의 산책은 전설로 기록되었고 이제 잡을 것이 없어져 허망해진 손들을 모아 기도하는 법을 알려주었다. 그는 사람들을 위해 진심으로 기도해주었다. 적절한 때에 움켜쥘 무언가가 태어나기를.

태막

살갗은 이곳과 저곳에 쌓이고
위태로운 갱도에서 내가 태어났다

탄생과 동시에 그것을
번복하고 또 헤맸다

*

"갓난쟁이일 때부터 졸음을 참는 아기에 대해서 들어본 적이 있어? 그거 사실 나야. 나는 너무 많은 것을 기억하고 태어났기 때문에 할 말도 너무 많았는데, 아직 이도 나지 않고 혀도 두꺼워지지 않아서 말을 할 수가 없었지. 그래서 울거나 눈을 껌뻑껌뻑거리며 모스부호를 보내서 이야기하려고 애썼던 거야."

"결국 이렇게 됐구나."

살로메는 지희의 둥근 뒤통수를 쓰다듬었다. 둘이 있을 때, 지희는 아무리 사소한 것일지라도 미래에 관해서 이야기하지 않았다. 어젯밤 티브이에서 방영된 스탠드업 코미

디, 지난여름 휴가에 간 텅 빈 해변, 고등학교 때 쉽게 더러워지곤 했던 체육복 같은 것들에 대해서만 말했다. 기어코 갓 태어났을 때까지 거슬러 올라간 지희의 이야기를 들으며 살로메는 생각했다. 지희는 그의 미래를 철저하게 자신과 분리하고 있었다. 살로메는 슬펐지만 지희의 뒤통수만 계속 쓰다듬었다. 지희의 부드럽고 검은 머리카락이 살로메의 손가락 사이로 흩어졌다. 살로메는 아주 잠깐, 지희의 머리카락이 잉크 같아서 자신의 손가락 사이에 엉겨 붙었다고 착각했다.

"갱도가 막혔잖아."

지희는 갱도 입구를 막고 있는 털실과 플라스틱과 유리 조각을 발로 찼다. 살로메는 자신이 하도 매만져 평소보다 더 둥글고 빛나 보이는 지희의 뒤통수를 아무 말 없이 바라보았다. 지희의 육체에 자신이 흔적을 남길 수 있다는 것을 오래오래 생각해보려고 했다.

*

쉴 새 없이 보물들을 사들였네

호피 무늬 코트, 튼튼한 텀블러, 유난히 반짝거리는 모빌 같은 것들

쌓아 올린 가재도구들은

언젠가 이야기의 안녕을 보장해줄 것이며

우연의 세계에서도

동일한 바코드를 가지고 있겠지

찍으면

삑

부드럽게 다문 입술에서 흘러나오는

비명도 지를 테고

*

올바르게 분리수거를 하고 나면 그간 내가 가지고 있던 것들이 파산을 위한 준비물이라는 것을 깨닫게 된다.

☾ 이렌 네미롭스키, 『6월의 폭풍』(이상해 옮김, 레모, 2023)

도끼날과 혼동되는 유리잔

서늘하게 빛나고

언제든 죽일 수 있을 것처럼 보였지

함부로 사랑할 수 있을 것처럼 보였고

바쁘게 일할 수 있을 것처럼 보이기도 했다

그 아래 손바닥을 오목하게 받치면

결정이 모여 만들어진 구슬이 오소소 쏟아질 것 같았어

그것들을 입안에 와구와구 쑤셔 넣으면

영원한 식사를 할 수 있을 것 같았지

무겁게 잠이 쏟아질 때까지

도끼날과 유리잔

양손에 하나씩 들고 바닥으로 힘껏 던진다

어떤 것은 알알이 깨지고

어떤 것은 단단히 뭉쳐졌다

뱀주인자리와 순례길

공공연히 발설된 가장 신성한 죽음의 이력

나는 간단하게 사고하며 아주 먼 곳까지 갔다

파묻히기 좋은 땅에 이를 때까지
온갖 죽은 동물들의 꿈을 모두 받아 적으며 걸었다.

서운하게 죽은 동물들
그들의 서글프고 유약한 검은 물 같은 눈동자

일렁거린다
쏟아지기 직전의 감각으로

감지 못한 눈동자에 대해 누군가는 책임을 져야 한다

유달리
건강한 누군가가

내가 걷는 동안 모래 먼지를 일으키며 버스가 지나갔다. 일곱 대. 버스 안 사람들은 모두 늙은 여자들. 그들은 나를 보고 색시가 종아리를 내놓고 걸으면 애를 밸 수 없다고 안타까워했다. 나를 닮은 어린애를 갖지도 못하고, 참 안 되었다고 혀를 끌끌 찼다 그들은. 얼굴들을 바라보았다. 나와 모두 닮아 있었다. 나는 아무나 닮은 어린애가 되어서

오너먼트를 떼지 않은 전나무처럼
터벅터벅 걸었다

신도 아닌 내가 신의 마음으로 걸으면 징그럽도록 넓은 세상 누군가 한 명은 구원받을 수 있다는 미신 혹은
전설

사실 그런 거 관심도 없지만
그래도
나는 오래 걸었다
태어난 곳에서 점으로 보일 만큼 오래오래

창백해진 얼굴로
무덤에 도착했을 때는

새로 태어난 늙은 짐승이 다소곳하게 앉아서
머리를 빗고 있었다

조용하고
신성하게

사라지고 없는

수면 아래에서 햇빛을 보고 있다. 두꺼운 물을 사이에 두고 있으므로 눈이 멀지 않는다. 물에서 나온다. 이때 내가 아무것도 입지 않았다는 소문이다. 마을까지 걸어오는 동안 젖은 몸이 마르지 않았다는 소문이다. 그렇게 걷고도 한 번도 처형당하지 않았다는 소문이다. 내가 지나쳐간 마을의 모든 가장자리마다 팥과 소금을 쌓아두었다는 소문이다. 그렇게 하고도 마을의 아이들은 가위에 눌렸다는 소문이다. 내가 신의 아들이라는 소문이다. 내가 신이라는 소문이다. 내가 여자라는 소문이다. 현존과 상실. 맞닿아 있다. 더듬을 수 있을 정도로.

어느 순간 이 소문들이 기록된다는 소문이다.

윤리적으로 지은 집

다락방에는 신이 엎드려 누워 너를 바라보고 있다
오늘은 아무것도 훔치지 않도록 유의할 것

(천장의 쥐들이 웃는다)

벽에 붙어서 일어났다
비춰 보는 얼굴

이 얼굴의 나에게 이 목소리가 있다는 게 놀랍고 무서운 일이다

아무도 죽이지 않고 내가 태어났다는 것
누군가 죽이고 내가 사라질 수 있다는 것

(창문을 열고 거리를 바라본다)

길이 썩고 있다
이 거리 마지막 남은 집

이 집은 불법적으로 증축했지만 윤리적으로 지어졌다
이곳에서 사랑 없이 내가 태어났다는 것이 그 증거

창문을 닫아
게토가 우릴 찾아
여기에 웅크려
아직 태어나지 않은 것처럼

틀린 말은 아니니까

(계단으로 내려오며 복도 양옆에 걸린
마리아상 열세 개에 모두 입을 맞춘다)

저기 성실하게 죽는 사람들 좀 봐 신기하지 사람이 사람을 죽인다는 거, 무력하게 사람이 죽는다는 거, 저기 쓰러진 사람도 오늘 아침엔 우리와 똑같은 순서로 영양제를 먹었을 거라는 거……. 울지 마, 이게 모두 다락방에 엎드린 신이 주사위를 굴린 결과라고 생각해봐 이상하기만 하지 슬프지는 않잖아. 화는 내지 마, 그래, 그래도 신이잖아. 비록 우리가 윤리적으로 지은 집에 몰래 들어와서 우리가 울고 키스하는 일을 훔쳐보고 있지만 우리는 그를 용서해야 해, **그는 우릴 사랑하니까**

샷시가 덜컹거려

걸쇠는 오래전에 녹슬었지
벽은 아직 차가워? 밖은 여름인데

나는 손을 모은다

너 배운 기도 있니 네가 여름성경학교에 다녔기에 망정이다
우리 하마터면 지옥에 갈 뻔했는데

문 좀 열까
저기 거리에 사람들이 적당히 죽는다

이 집으로 들어오는 사람들에게 고하라

늘어놓은 금붕어들을 손으로 쥐어
길거리에 늘어선 죽은 자들이

배부를 때까지

먹이고

쓰러지거나

허물어지거나

축복하거나

등으로 걷거나

광장에 사이좋게 머리를 기대고 죽은 연인

그들은 아주 멀리 갔으며

학생들이 너무 멀리 갔다는 사실이 그들에게 똑같이 보복해야 할 이유가 되지는 못했다

시몬 베유, 『나, 시몬 베유』(이민경 옮김, 갈라파고스, 2019)

아르바이트

나 아르바이트를 한다, 상주를 서는 아르바이트다, 가엾게 투자에 실패한 자들을 위해서 완장을 차고 수십 번씩 앉았다 일어났다 하는 아르바이트다, 울 필요도 없고 슬퍼할 필요도 없어 적절한 일자리다, 시체를 닦으며 그가 후숙된 과일이라고 생각하고도 죄책감을 느끼지 않아도 되어 좋은 일자리다, 나는 매번 말을 바꾼다, 순록이었다가, 딸이었다가, 기계팔이었다가, 제삿밥 한 번 못 얻어먹은 귀신이 된다, 나의 네 번째 얼굴이 향 사이에서 어른어른거린다, 나는 아무것도 증명하지 않아도 된다, 애도하는 표정, 오후 네 시에 시작해서 새벽 세 시에 끝나는 전례의 과정, 다 자라서 죽었다더라, 죽고 나면 기어간다더라, 매번 바뀌는 저승사자의 얼굴을 생각한다, 그의 얼굴 수를 헤아린다, 나보다 여섯 개 많다, 나보다 복지가 좋지 않은 가여운 신, 살랑살랑 죽은 자의 이름을 태운다, 선호하는 재앙을 구매할 돈을 벌고서 걸어간다, 사랑받지 못한 자들이 많이 죽는 방향으로

3부
포기할 수 없는 어떤 마음들이 창문을 연다

템퍼링ʻ 크리스마스

밝은 해상도의 날. 창틀을 짚었다 떼면 손바닥에 붙은 빛 얼룩. 시선 닿는 곳마다. 빛. 조각조각. 파편. 흘러내린다. 눈과 함께. 빛과 눈이 쌓인 도로는 길고 검지. 내가 기다리는 자의 동공처럼. 동공. 동공을 기다리며.

둥글게 모이는 물감. 노란 햇빛이 비스듬하게 들어올 때마다. 색깔 덩어리 사이 세상에서 가장 조그맣고 빛나는 달걀이 태어나고 있다. 붓으로 뜨지 않아도 뭉쳐 태어나는 새. 화가가 상상하지 않는 그 새. 본 적 있니? 아무도 상상하지 않는 탄생. 그래도 새는 눈을 뜬다. 둥근 동공. 거의 불가능에 가까운 새카만 동공.

빛에 익숙해. 빛의 어깨를 짚은 어둠에도 익숙해. 그 둘 사이에서 기력 없이 무릎을 모으고 있는 그림자에게도 익숙해. 내 삶은 난처한 지경에 이르렀어. 곤경을 탈피하기 위해서는 이야기가 아니라 그림이 필요해. 이야기는 숨결로 지은 감옥.ʻʻ 감옥이 아닌 부드럽고 둥근 살갗이 필요해. 여러 색깔로 빛나는. 태어나는 그림. 캔버스에 뭉쳐진 둥근 달걀. 달걀의 한가운데. 흰 동공.

만지는 살갗
만져지는 살갗

물감을 섞는 네 손의 가장 밑바닥. 반사광 없는 손바닥. 불가능한 손바닥 안에서 뒤틀리는.

신체 없는 손.
실체 없는 빛.

어떤 기쁨은
노력할 수 없이 오지

달걀이 굴러떨어진다. 깨진 달걀을 줍는 네 손 아래에 반사광이 태어난다. 비스듬한 빛이 먼저 손등을 타고 온다. 네 손보다 먼저. 창틀을 짚는다. 그대로 얼룩으로 굳어진다.

어렸을 때 눈이 멀었다면 좋았겠지.

포기할 수 없는 어떤 마음들이 창문을 연다.

차가운 빛이 눈동자에 닿는다.

(템퍼링(Tempering). 안료와 점착성 전색제를 섞어 부드럽게 하는 것.

((알렉시 제니, 『프랑스식 전쟁술』(유치정 옮김, 문학과지성사, 2017)

동거

내 잘못으로 깨진 유리컵을 줍는 네 손이 중요한 거야 그 마음이

사랑이 세상에서 가장 위대하다는 신의 말 호박이 떨어지는 소리만큼이나 무력하지 그런 말을 할 때면 누군가 맞는 소리가 들린다

“사랑하면 힘이 세진다고 하던데.”

나는 감을 깎고 있었다 오래된 과도의 손잡이는 끈적끈적했다 동그란 접시에 감 조각을 내려놓을 때마다 동전이 떨어지는 소리가 들렸지 댕그랑댕그랑 잘 만들어진 매끈한 불전함을 목에 걸고

동전 하나 감 하나 번갈아 놓으며 소원을 빌었다

세상에서 가장 위대한
믿음

소망
사랑

내가 사랑이라 이름 붙인 감 조각을 네가 집어 들기를 바라면서
감을 깎았다

사랑을 위해 나는 꽃집에서 장미가 아닌 꽃을 고를 때마다 "서재에 꽂으려고요" 하고 묻지도 않은 변명을 했다 물론 거짓말이다 나는 서재가 없으니까
우리는 집이 없으니까

더운 마루에는 선풍기가 돌아가고 있었다 오래된 엽서처럼 너는 감을 먹고 있었지 가장 왼쪽부터

믿음이 반쯤
없어진다

"남기지 말고 먹어. 벌레 꼬여."

"우리도 음식물 쓰레기 압축기 살까?"

산다는 것은 쓰레기가 또 늘어나는 일일 뿐인데

"그게 갖고 싶어."

나는 들리지 않은 척 감을 깎았다

다시 한번 접시에 믿음, 소망, 사랑을 번갈아 놓는다 함께 산다는 것은 이런 일들이 반복되는 거라고, 이런 것들과 닮은 거라고 생각했다

불이 꺼지지 않는 숲을 바라보고 서 있거나 냉장고를 열 때마다 잘린 머리를 발견하는 것처럼 소름 끼치는 일들과 접시에 믿음과 소망과 사랑을 번갈아 놓는 일이 반복되는 일

사랑이라고 이름 붙인 감을 먹으면 우리는 영원히 살 수

있게 될까

장미를 사지 않고 혼인 신고서를 쓰지 않고도

매끈하거나 홈 패인 공간 *Espace lisse/Espace strié*

대화하기 위해 주석이 필요할 때, 습관적으로 불행을 생각했을 때, 결국 모든 추상의 과정이 미시적으로 되었을 때

우리는 함부로 정상이라고 규정하기 쉬웠다

아무도 읽지 않는 오래된 사전을 베고 잠든 젊은 뺨. 삶보다는 영화에 어울리는 장면. 그것을 담으려고 카메라를 꺼내면 뜨는 눈.

마주치면 여전히 내 장기들이 제자리에 있다는 것을 알아채고

운동장 끝에서 소리를 질러서
일어나는 사람들 숫자를 셀 것

폐가 아파 운동장을 오래도록 돌고 있던 네가
나를 지나치며 울먹거린다

고통의 언어는 순간에 연원을 두고 있는 것처럼

나이를 먹어도 졸업하지 않는 학생이 있다면

책상과 게시판에는 매일 새로 쓰는 짝사랑하는 이름들

새기고
벗겨내면서

사랑해?
사랑했어?
그게 정말 나야?

넘어지면 손톱 밑에 가시가 박히는 교실의 마룻바닥
오늘이 지나면 죽는 것처럼 누워서 왁스를 칠한다

반들거리는 마룻바닥에 비치는 네 뺨

졸업해도 우리 만나자
너는 서울로 대학을 가고 나는 여기 있겠지만……

해가 지고 네 머리카락이 커튼처럼 내려온다
머리카락의 그림자도 보는 대신 만지고 있다

나 보러 올 거지?
네가 어딘가 아픈 것처럼 물을 때

나는 마루를 통해 너를 본다
대답 대신 하기 좋은 말

저기 봐 해가 뜬다

☾ 질 들뢰즈·펠릭스 가타리, 『천 개의 고원』(김재인 옮김, 새물결, 2001)

허들링

나는 문득 우리를 옷의 이름으로 불렀다
너를 제외하고도 많은 사랑이 돌아보도록

덜 마른 옷처럼 뻣뻣하고 슬픈 낯들이 한꺼번에 나를 돌아보는 광경

그것은 상상 같았다

앞다투어 숨이 어는 대륙에서
우리는 전위적인 모양으로 살아남았고

얼어붙은 어깨를 푸드덕거리면서 고통을 느끼는 기관이 어깨에 있지 않아서 다행이라고 네게 속삭였다

학습된 사랑의 인사 속에서
우리는 하염없이 서성이면서 서로의 외로움을 읽고 있다

정적하는 숲

이제 초록에 대해 침묵한다

미확인된 숲이 자랐다. 만질 수 없는 몸으로 연속되었다. 아무도 엿보지 않았다. 숲과 숲 사이에는 무언가가 있었다. 누군가가 아닌 무언가가, 분명히 있었다.

결정적인 증언이 필요했다. 숲이 태어나 자라는 것이 사람이 태어나 자라는 것과 다르다는 것을 확언해줄. 모든 숲이 한꺼번에 왼쪽으로 한 발짝 움직였다. 산불의 징후라는 소문이 돌았다. 증언과 소문은 다른 것인데 다들 착각하고 있었다.

사슴은 자라 유령이 되었다. 최초의 농부는 기록되었다. 괴로워하고 슬퍼한 자로. 사슴의 투명한 뿔 끝에서 꽃이 피었다. 떨어졌다. 그림자 사이로 눈부신 슬픔이 스며들었다.

조용히 엄습했다.

번식하는 숲

최초로 도토리를 심은 사람이 있었을 것이다.

축축한 흙의 통공을 믿으며, 아무도 밀고하지 않고도 태어난 아기들의 가능성을 믿으며, 도토리 위로 흙과 뼈와 자갈과 살을 부었을 것이다.

고개를 치켜든 첫 싹을 보면서 웃었을 것이다. 울었을 것이다. 뭐든 간에 태어난다는 건 지독한 일이었으니까, 또 한 편의 외로움이 시작된다는 일이었으니까, 축하할 만한 괴로움이었다.

엉그는 초록을 보면서 그는 괴로워했을 것이다. 자신의 의도와 미끄러지는 숲의 번영. 숲은 사슴을 품고 자랐다. 숲의 바깥에서는 그가 기대한 가능성 있는 아기들이 픽픽 쓰러져 죽었다.

경계 사이에 있다

프리저 브레이크

어디서 왔어?
네가 포장지 없는 나의 살갗을 바라보며 물었으므로
나는 공원에서 왔다고 답했다

너와 마주한
아일랜드 식탁

나의 결으로 먼지가 빛처럼 내려앉기도 하고
거대한 손이 나를 사랑하는 것처럼 끌어안기도 했다

사이좋게 둘러앉아서

사실은 난
돌아갈 곳이 있다고 말해야 했다

그러나 그런 말은
모두가 식사 준비를 하고 있는 식탁에선 어울리는 주제
가 아니었다

내가 뭐라고

내가 볼품없이 망가지고 나면
그러니까 이 식사가 끝나고 나면

모두가 둘러앉아 우리의 원인을 고백했으면 좋겠다 나는 너의 빠진 속눈썹으로부터 너는 나의 빛나는 어깨로부터
그러고 나면 내가 등을 돌리겠지

너는 내 등 옆에서 이전에는 나의 일부였던 눈과 빛덩이를 움켜쥐고서

나는 네가 나의 바깥이 되는 일이
가능할 거라고도 믿었다

너에게 물을 부으면
반듯하고 가지런한 사랑이 나온다

우리 모두 이 만들어진 사랑에 박수를 치자

나는 네 단단한 침묵을 견딜 것이다
내가 녹는 방식으로

김지우, 「프리저 브레이크 Freezer Break」(웹진 연극인 197호, 2021)

일직선으로 꾸는 꿈

1

나, 그리고 너

4도로 인쇄된 유리구슬 아래에 있지 그 너머로 타오르는 불을 보면서

너의 눈꺼풀이 일직선으로 미끄러지고 있었다.

나는 유리궁전을 만들고 싶었지 내 꿈속에서. 모두가 미끄러지는 실패를 겪고 대신에 아무도 자라지 않는 투명하고 징그러운 이야기가 가능한 세계 속 궁전.

"왜 그렇게 잔인한 것만을 사랑해?"

네가 물으면 나는 궁전의 빛이 닿기 전 네 눈가에 손차양을 만들어주면서, "이런 나의 마음이 어디에도 없는 세상이라서"

입술을 짓씹고

엽서가 될 만큼 오래된 산책을 하러 가고 싶었어

2

슬픈 여자는 꿈을 꿨다 그보다 더 슬퍼 보이는 금붕어가 그에게 안기는 꿈을 내가 태어났을 때 슬픈 여자는 금붕어보다 슬픈 표정으로, 금붕어가 팔다리 없이 기어다녔던 꿈에서 도망쳐서 만난, 팔다리를 가지고도 태어나 기어다니는, 나를 미워하고, 있,었다.

3

지금 나는
죽어서 문진이 된 개가 누르고 있는 글을 읽고 있다

그럼에도 힘차게 뒤를 받쳐 줄 감정의 힘이 온전하지 않다면, 내 원한에는 척추가 없는 거나 마찬가지다.
—수전 손택, 『다시 태어나다』

개는 목줄을 당기면서 내 분노를 헤아렸고
그는 조롱하지 않고도 나를 허물어뜨릴 수 있었다

이토록 간결한 사랑의 마음

생각해보면
그가 신이었는지도 모르지

매일 같은 흙길을 걷는 전례만을 요구하는 소박한 신 말이야

4
불의 나라에 간 적이 있다 그들은 내 워킹 비자를 살펴보고 그들의 ㅂ, 부, 불, 불행에서 춤추도록 허락했다 나는 그 나라에서 연인의 손을 잡고 타오르는 불을 집거나 먹을 수도 있었다

아니 잠깐

생각해보면

그가 신이었는지도 모르지

그때 나는 신의 존재와 그가 만들었다는 연옥에 관하여 끊임없이 질문을 하는 취미가 있었으므로 그의 손을 놓고 물었다

당신은 어디에서 연원한 신입니까?

그는 어항의 모양처럼 웃으면서

아니, 나는 다만 사랑

5
마지막 바캉스의 때가 도래하면

우리, 서로 잘못 그어진 채로
폭죽이 터지는 해변가를 걷고 있을지도 몰라

바다는 거꾸로 일어서서
우리의 산책에 동참했다

평화롭고 두려운 순간이 활동사진처럼 이어졌다 아주 오래

해변가로 팔다리 없는 금붕어가 밀려오고
나는 그것을 물어가는 개를 바라보면서

이마로 떨어지는 폭죽 소리

"이런 것들도 번역할 수 있어?"
나는 내가 아는 모든 언어들과 손짓들이 불투명해지는 질문을 음악처럼 듣고 있다

눈의 소실점

오늘은 아무것도 잃어버리지 않고 돌아가겠다고 약속해

우리 앞의 잔
천천히 비우는 게 좋겠어

집으로 돌아가는 길이 아주 머니까

서로 뺨을 보기 시작했을 때
그러자고 약속했을 때

나는 네 입안에서 물방울 모양으로 맺히고 흐르는 많은 이름들이 좋았던 것 같아 낡은 벽을 타고 오르던 수많은 여자들의 목소리 그 목소리들이 자주 부르던 이름들이 네 입안에도 있었네 영원이나 폭설이나
사랑
같은 것들

서둘러 나이 들고 있는 우리 뺨

둥글게 구부러져 가는 팔꿈치와 등

슬프다
슬픈가?

멀리서 보면
그 둥근 모양이 눈처럼 보이지

그것의 소실점까지 멀리 멀
리 걸어가서

똑바로 봐야지
어딘가에선 분명 선명해지는 눈송이

그 소실점에 서 있지
바른 자세로

아주 멀리서 태어나 걸어온 뺨

여기까지의 역사를

성실하게 기록하자

생일 축하해

무거운 진실로 만든

날개에 대한
상상

해볼까
한번

무대가 있었다. 태초처럼. 그 위로 쏟아지는 조명이 있었다. 혼돈처럼. 그 사이를 걸어 다니는 한 사람이 있었다. 전설처럼.

스치는 시선과
방백

지독하고
담백하게

그것을 주워 담는 나

아무거나 섬기다 보면 신의 사랑에 가까워질 것이라 생각했다. 몸에 사랑을 새겼다. 반복했다. 피가 흘렀다. 굳었다. 내 살갗 위로 새로이 만들어지는 피의 피부. 그것을 쓰다듬으며

굳게 믿었다

허공에 기대 기둥을 만들어내듯
무대에 엎드려 진실을 짜낼 수 있을 거라고

말하고 싶다
진실을

배우, 탄생의 배교자, 혼돈 없이도 운석과 음악과 질병을 창조해낸 그를 나 사랑했네

얼기설기 짜낸 진실로 날개를 만들었지 피셔맨 스웨터처럼 누군가의 귀환을 바라는 영원의 마음이 담겨 있어서 그 날개, 참으로 무거웠지

세상에서 가장 오래된 마음이 무엇인지 아니
누군가가 죽지 않기를 바라는 마음이야

날개 주변으로 그 오래된 마음을 틀에 붓고 벽돌을 만들어 신전을 세웠다. 탄생의 배교자, 오로지 그를 위한 새것으로만 채운 아름다운 신전을

새 전례가 시작되는 날
봄이었다
아직은 조금 추운

신전에 들어와 무거운 날개를 입으며

왜 울고 있어?

그와 나
배교자와 시인

과녁

나는 영원히 그런 것으로 변해가고 있었다

재

매일매일
담담한 이목구비로
종말을 대비하는 삶

의 근원

멀리서 영원처럼 타오르고 있는 숲
횃불처럼

이제 어떤 사람도 기우제를 지내지 않게 되었을 때
잿더미 사이를 가르고 계란이 태어났다

불 속에서도 구워지지 않는 완벽하고 온전한 계란

계란은 말도 하고 걷고 뛰고
불을 따라서 아름다운 춤을 출 수도 있었지
여전히 그 안에는 싱싱한 노른자를 감싸 안고서
해야 할 말도 고르지 않는

완벽한 생명의 상태로 아름답게

애인은
내 얼굴이 계란을 닮았다고 했지

둥글고, 끝이 뾰족하고,
만지면 까칠까칠하고,
턱을 깨뜨리면 바닥에 똑바로 서는 그런 얼굴
그 안에 휘몰아치는 싱싱한

잿더미

내 얼굴 좀 봐
보기 싫어
그래도 봐

뭐가 보여

싱싱한 노른자
싱싱한 잿더미

애인은 옷소매로
내 얼굴의 재를 닦고 또
닦았다

외람될 만큼
정결한 빛의 살갗을 위하여

스치는 천과 얼굴
그 사이에서

무서운 소리가 난다

유리그릇의 설계자

여기 어딘가
유리그릇을 설계한 사람이 있었다.

유리와 플라스틱을
플라스틱과 유리를

구분하는 것을 잘하는 사람이 있었다.

그의 흔적을 손바닥으로 만진다. 길 위에 나 있는 흔적들을. 멀리 가지 못했다. 여전히 석영이 반짝이고 있다. 과자 부스러기처럼 저 멀리까지 흩어져 반짝이는 것들.

그가 설계한 것들을 상상해본다. 숲처럼 흔들리는 유리그릇, 그는 그런 것들을 꿈꿨다. 누군가 석영에 발을 베지 않도록 나는 치마를 벗어 땅을 감싼다. 흰 치마가 붉은 천에 물든다. 패잔병의 얼굴 같다.

나는 멈추고……

비둘기가 날아가고 있었다. 그림자가 졌다. 눈 위로 손차양을 만들었다. 자세히 보니 그것은 비둘기가 아니라 산꼭대기에서부터 굴러 내려오는 유리그릇이었다.

내 발치까지 굴러온 유리그릇

설계자는 나에게 그릇을 내밀지 않았다. 그는 여전히 실종 상태다. 나는 치마를 내버려둔 채로, 맨손으로 유리그릇을 주웠다.

유리그릇은 선물을 받아야만 가질 수 있는 것이었다. 오래전부터 그랬다. 나는 거울 앞에 서서 나에게 유리그릇을 내밀었다.

거울에 유리그릇이 부딪힐 때마다, 그래서 거울 속 내가 유리그릇을 쥐지 못할 때마다 나와 풍경이 멀어지는 것을, 그러니까 한없이 멀어지는 것을 본다.

4부
꽃…… 뿌려주러 올 거지?

섬광시럽

끈적한 충돌
발생했다

환한 빛 때문에 낮과 밤이 빠르게 자리를 바꾸어가며 걷고 있었다.

커튼콜

결국 이렇게 됐구나
수만 가지 종류의 꿈속에서

우리는 인과가 필요하다. 다 자랐으니까. 그래서 극장엘 가지. 서점에도 가고. 길을 걷다 죽은 새를 발견하면 품속에 넣고. 남은 손으로 깍지를 끼지. 둥글고 짧게 깎은 손톱이 손등을 긁는다. 날씨가 아주 추워야만 반달 자국이 남겠지. 무력하다.

꿈꿨어?
아니. 꿈꾼 지 오래됐어.

스노우볼로만 채운 책장. 카펫 대신 바닥에 깔아둔 메모리스톤. 내가 어렸을 적부터 꿈꾼 집은 어쩌다 이렇게 무겁게 되었을까. 아래층 사람들이 걱정돼. 내 집이 너무 무거워서 언젠가, 잠든 그들의 얼굴 위로 풀썩 주저앉을까 봐. 내 집은 무덤을 덮는 돌널이 되겠지. 꽃…… 뿌려주러 올 거지?

내 어린 시절 친구들. 아무도 자라지 않았으면 했지. 그래서 극작가가 되었어. 희곡을 썼지. 그 안에 내 친구들을 가두었네. 나는 못된 연출이고 사악한 극장주여서 절대로 커튼콜을 허락하지 않았어. 커튼! 내려! 올리지 마! 다 죽고 싶어? 아무도 나가지 마! 커튼 아래에서 천천히 질식해가는 친구들을 보면서 웃었지. 얼굴 모르는 아래층 사람들의 비명횡사는 걱정하지만 친구들이 천천히 질식하는 것은 매일 매일 보고 싶어 못 견디겠어.

어디 한번 아름답게 늙어보라지

내가 태어나자마자 이마 위에 차가운 물을 쏟았던 신부 얼굴. 언젠가 그 새끼 얼굴에 똑같이 해줄 거야. 그게 내 축복이야. 나 그때 놀라서 엄청 울었잖아. 기억나?

제발 이런 얘기 좀 그만해…….

엄마는 내가 이런 말만 하면 울더라. 지옥 갈까 봐서 그래? 나 지옥은 가겠지만 이 말 때문에 가지는 않아. 시편 읽어봤어? 원래 시인은 불경해야 잘 팔려.

내게 주었던 첫영성체
후회하지? 내가 당신 자식이 되었다는 거

육아도 안 해보고 부모가 되고 싶어 했구나
신은 역시 남자가 분명해

커튼에 방향제를 뿌리고 있어. 유년기가 끝나가는 썩은 냄새가 올라와서. 환기를 위해 창문도 열어두었지. 반지하에 살아도 곰팡이가 생기지 않도록 관리하는 몸가짐, 그게 중요하거든.

마른 손바닥에
마른 흰 빵이 닿는다

구원…….

의지가 대단한 빵 조각을 입천장에 붙인다

천천히 녹는다

커튼이 올라간다

다 죽고 싶어?

롱커튼콜

오래오래 행복하게 잘 살았답니다

(암막)

이후에
저기
썰물처럼 걸어가는

가방
혹은
가방을 연기한 사람

사람(나) (손을 잡으며) 어깨가 왼쪽으로 기울었네
가방(너) (잡힌 손을 빼며) 전 애인이 왼손잡이였어요

녹색 장막
휘장을 치고
영원을 센다

물비린내를 끌어안고 서럽게 운 얼굴을 하면
쉽게 사랑을 말할 수 있는 특권을 가진다

장막이 내려가며
너를 죽인다

희박한 가능성도 남기지 않고

잠든 네 곁에서 너의 시체와 장례식을 상상한 날이 아주 많다

사실
검은 옷을 입고 슬픈 표정을 지은 나를 상상했다

너의 이름을 적은 하얀 봉투들

열고닫고꺼내고뒤집으며

얼굴에 베일을 쓴 여자를 연기했다
그런 여자는 더 이상 태어나지 않는데

나를 연극처럼 보고 있다
믿을 수 없다

팔다리를 같은 모양으로 흔들고 있다
이렇게 하면 그네를 타는 것처럼 보이지 않을까

슬픔이란 너무 멀리 있는 어린아이와 같이

연극이 끝나면 다들 어디로 사라지게 될까
다른 극의 지문으로 다시 태어나기 위해서
나를

모른 척할까

길거리에서 내 인사를 받아주지 않게 된다면
이상한 사람은 나일까 그들일까

내가 되고 싶은 것들을 상상했다

장례식을 치른 주에도 고기를 먹을 수 있는 식욕
그것이 살이나 피라고 생각하지 않는 무심함

봉투를 상자 속에 넣으면
너는 거의 죽은 것처럼 웃고 있다

우리는 아무도 울지 않고

갑자기 모든 개가 말을 할 수 있게 된다면
다들 아프다고 말할 것이다

우리는 쏟아지는 빗속에서도 손을 바꿔 잡으며 걷고 있었다

영원히 내리는 비란 상상하기 어렵겠지만
우리는 사이좋게 사랑에 빠지고

네 옆얼굴에 빗물이
그림자처럼 흐르고 있었다

보도블록의 금을 피해 밟으며
너는 노래처럼
"너와 있으면 이상한 규칙들이 너무 많아져."

나는 네 제국이 되는 나를 상상한다

거꾸로 말하지 않아도 아비를 저주할 수 있는 마법의 세계가 있을지도 몰라
우리는 그 세계에서도 적당한 인사말을 배우려고 애쓰고들 있겠지

우리는 축일을 생각하며 타로카드를 던지기도 하고
죽은 비둘기를 보고도 고기를 먹었냐는 질문을 하기도 하면서 자랐으므로
선언하지 않고 안부를 묻는 법을 잘 모르지 않니

왜 우리는 침묵하면 사랑하지 않는다고 생각할까

귀를 막으려고 잡은 손을 풀면
너의 얼굴에 자라는 슬프고 무서운 표정

비에 젖은 횡단보도와 우리가
각자의 소음에 골몰하고 있었다

잔몽

부엌엔 주인이 돌아올 것을 암시하는 오브제들이 가지런하게 놓여 있었다 나는 멸망한 도시를 걷는 관광객처럼 무심하게 오브제들 사이로 산책을 했다 그림자를 밟는 술래와 같이, 먼지들이 따라왔다 휙 돌아보면 깨진 도자기처럼 처참하게 가만히 멈춰서면서 부엌의 한복판에 섰다 어디든 한복판에 서면 대단한 선언이라도 해야 할 것 같지 주먹을 쥐었다 고작 계란도 쥐지 못한 손안에서 비열하게도 평화로운 마음이 무럭무럭 자라났다 고개를 푹 숙였다 오브제들 사이를 다시 돌아다녔다 비참하고 부끄러운 마음으로

평화로운 꿈이었다

오랫동안 자세를 바꾸지 않는 개에게

나의 늙은 개가
오랫동안 자세를 바꾸지 않고

엽서나 풍경처럼 누워 있을 때
그를 묶고 당기는 끈이 그림자처럼 가여워졌다

너의 산책에는 전설이 있다
나는 네가 언제나 어리고 부드럽고 뼈가 잘 휘어지기를 바랐다

사랑하면 먹이고 싶어지는 것들
나는 너로 인해 젖은 내 손을 사랑의 감각이라고 이해하고 있었는데

꿈속에서
나의 사랑을 오랫동안 관람한 네가 뒷다리로만 일어나서 터벅터벅 걸어갔다 늙은 여자처럼 걸어가는 그 뒷모습

슬퍼 보였다

그렇게 걸을 수도 있었구나

너의 이마가 어떤 모양이었는지
나는 너의 뒷모습을 보며 비로소

"이렇게 작은 개가 이렇게까지 늙을 수 있다니."
사람들이 네 주변에서 감탄했다

너를 안고 돌아가는 길이었다

검은 옷을 입고
개가 죽은 날에도 장례식을 치렀다고 할 수 있는지 골몰했다

너를 묻은 땅 위에 무릎을 대면
우리의 산책과 전설이 시작되는 꿈

너는
오랫동안

어리고
부드럽고
뼈가 잘 휘어졌다

나의 늙은
개

악몽예측관

마음도 저물까
우리는 여름이 되지 않았다

나뭇잎이 성장하는 속도는 예측할 수 없었지만 책장 아래로 굴러 들어간 구슬을 잊어버리는 속도는 예측할 수 있었다
우리 손끝이 너무 단단해지면……

나는 잠든 네 이마에 손을 짚고 네 악몽을 예측하고 있었다
아가미 없이 바닷속을 헤매거나 쉴 새 없이 뺨을 맞거나 유리로 만들어진 집에서 옷을 갈아입거나.

어떤 예측을 해야 할지 몰라서 나는 잠든 네 손에서 우산을 쥐여 주었다. 비가 올 수도 있으니까.
허약한 예측.

어쩌면 난,

네가 깨지 않기를 빌었는지도 몰라, 네가 깨어나서 내 예측과는 다른 꿈을 이야기하는 게 두려웠는지도 모르지 혹은 푸르게 질린 얼굴로 일어나는 그 순간을 두려워했는지도 모르고

하지만 일어날 일은 일어났고 깨어날 자는 깨어났다

"먼저 어른이 되는 사람이 더 빨리 잊히는 꿈을 꿨어. 그 세계에선 우리를 아무도 모르더라고. 너는 나를 기억하지? 나는 너에게 아직 어린 사람이지?"

수십 번 묻고 네 질문을 들을 때마다 나는 혼란스러워졌다.

응. 아니. 응. 아니.

조약돌을 고르는 것처럼 대답을 고르는 연습을 했다.

그럴 때마다 어떤 예측은 확신이 되어 갔다

광범위하게 슬픔이 도래했고

나는 그것을 끊임없이 복기했다

탈피성사

춤추는 살갗 아래 다시 살갗이 자라고
끝나지 않고 도사리는 것이 있다

연인은 나를 두고 탈피에 성공했다

껍질 밖으로 얼굴만을 내밀고서
나를 떠나는 연인의 성체를 바라보았지

단단하고 아름다웠다

체액으로 흠뻑 젖은 머리카락을 바닥으로 쏟으며
연인이 두고 간 허물을 내 옆에 두었다

반투명해진 연인
그가 남긴 허물

물렁물렁한 허물의 입술 위로 입을 맞췄다
축축한 허물의 손가락을 빨았다

아무리 끌어안아도 단단해지지 않는 그

허물

껍질

쓰레기

옆으로

돌아누워

연인의 허물을 네모난 이로 물어뜯고

씹었다

천천히

죽은 것들은

숲에 가져다 버린다

숲에서 옆으로 돌아누워 있었으므로

연인의 허물을 먹는 내내

죽은 것들처럼 보였다

텅 빈 허물
그것으로 채우는 내 온갖 장기

아주 오랜 옛날부터
신의 피와 살을 먹길 원한 사람들을 생각했다

허기

영영 자신을 떠난 자들의 피와 살을 먹고 마시는 것은
인간의 가장 오래된 본능인지도
인간의 가장 오래된 슬픔인지도

모르지

나를 떠난 것을 사랑하는 것은 쉬운 일이므로

껍질 안에서 최초로 손가락을 꺼낸다
살갗과 허물을 번갈아 뒤집어쓰고 단단해진 어떤 부위

깨물어
씹는다

나를 먹으면 나를 떠나 나를 사랑하게 될지도 모르는 일이니까

손가락을 씹으며 숲의 가장자리까지 걸어간다
껌처럼 말랑말랑해진 애인의 허물과 내 손톱을 번갈아 뱉었다

너희 숲은 이 살을 받아먹으라
이는 너희를 위하여 내어줄 내 몸이다

나무상자 깊숙이

그 증오에서는
측백나무 향이 나

성큼성큼 걸어와
무서운 줄도 모르고

찾아왔지
아름다운 뺨

무한히 벌어지는 것 같지 않아?
이 시간 말이야

분명 상자에 넣어두었는데
검은 벨벳 리본으로 꽁꽁 동여매두었는데

언제 테두리가 이렇게 부서졌담

왜

안타까워하고 있을까
상실이라는 것을

나는 이 침묵의 세계 속 유일하게 앉아 있는 사람이었네 내가 사랑했던 사람들 모두 옆으로 누워 풍화되었네 나는 그들을 흉내 내려고 요가를 배웠네 아무리 배워도 죽은 사람의 자세는 죽은 사람이 될 수 없었네

새로운 습속이 될 나무 상자

코트 품 안으로 깊게 깊게 밀어 넣는다 머리카락을 잘라 새로운 검은 리본을 만들고 동여매었다 그 안으로 내 뺨을 깊숙이 깊숙이 밀어 넣는다

모두를 슬프게 하는 일

나는 내가 너무나도 가지고 싶었다

유리유화

문득
떠올려

깊은 빛

불붙은 화덕을 위해 마련된 말
가지런하고 성실해

그것
마치 내가 사랑하는 너처럼

화덕 안, 우리가 부지런히 부풀어가고 있었지 몽블랑처럼 부드럽게 커진 우리 흉곽을 봐 안에 더운 숨을 채워 넣으면 그제야 우리 알게 되겠지
늙어간다는 일을

우리는 무리에서 떨어진 사냥개

보단 위험하지 않고
이빨 없는 것

그러나 분명히 너를 해칠 수 있는 것

예를 들면
무화과나 복숭아 같은 것들
그런 것들 먹으며 자라온 나

화덕이 엎어진다
불과 불붙은 자갈들이 우루루
마치 파도처럼 우리 발치까지

세계 절반을 태우러 달려오는 그 불 앞에서
너는 그것을 가장 닮은 색의 물감을 고르고 있지

단단한 손
눈물보다 물감을 짜는 그 손이 나 좋아

불을 향해 똑바로 나아가는

마치 들에 사는 짐승처럼

짐승

나에게 짐승이란 내가 되고 싶은 것
털이 부드럽고 코가 축축하고 너보다 빨리 죽는

내 앞에서 너는 불붙은 자갈들 수를 헤아리지 않으려고 그림을 그리지 나는 네 나이를 헤아리지 않으려고 그 옆에 누워서 화덕을 상상해 우리가 언젠가 들어갈 고래 등뼈처럼 둥글게 굽은 아주 멋진 화덕을

그러니 그날까지

물도 많이 마시고

아무것도 배우지 말고
불붙은 것과 불붙지 않은 것 많이 만지다가

화덕 안에 들어가면서 생각하자

우리 흉곽
어디까지 커질 수 있는지

맞붙은 갈비뼈
어디까지 아름다울 수 있는지

발문

당신의 고독과 사랑이라는 신앙과 사랑을 갈망하는 우리의 마음이 함께하기를

전영규 / 평론가

1. 사랑의 연원

그 이야기부터 시작해볼까요? 우리에게 피와 뼈를 물려준 여자들에 대한 이야기. 이 모든 사랑의 연원이자, 우리에게 사랑을 읽는 능력을 가르쳐준 자들에 대한 이야기.

나도 당신처럼 고유명사로 불리는 여자가 있습니다. 늙은 남자에게 모진 발길질을 당한 스무 살 초반의 어느 날. 참다못한 나는 외할머니를 찾아갔습니다. 온몸을 부들부들 떨며 나를 때린 늙은 남자의 만행에 대해 말하자 외할머니는 내 등을 쓰다듬으며 차분한 목소리로 나를 달랬습니다. "어린 손녀한테 어떻게 그렇게 할 수가 있니. 그 집 사람들이 너무 없이 살아서, 베풀지 못해서 그러는 거야. 조상들이 덕을 쌓지 못했구나. 그 죄를 나중에 어찌 받으려고 그럴까. 얘야, 나처럼 베풀면서 살아라. 그들과 똑같은 사람이 되지 마라. 네가 그보다는 더 오래 살아갈 날이 많지 않겠니." 할머니의 눈에 나의 모습은, 분노로 가득 찬 한 마리 가여운 짐승으로 보였을 것입니다. 울부짖는 내 등을 어루만지던 외할머니의 손을 기억합니다. 세상에서 가장 맛있는 미숫가루를 만들어주던 손. 풀 한 포기 자라나지 않던 불모지를 푸름이 가득한 텃밭으로 가꾸던 손. 비실거리는 병아리도 우렁찬 울음소리를 내는 장닭으로 자라나게 하던 손. 그 손은 성난 짐승과 다를 바 없었던 그날의 나를, 당신의 문장을 빌리자면 "둥글고 부드러운 짐승"으로 만들어줬습니다.☾

이미 그전에도 알고 있었겠지만, 외할머니는 그날의 나를 보며 어느 정도 짐작했을 것입니다. 내가 얼마나 오죽했으면 저럴까 싶으면서도, 내가 저 지경이 될 때까지 나를 낳은 여자이자, 자신이 낳은 딸의 삶이 어떠했을지를. 그날의 나를 바라보던 할머니의 마음을 짐작해봅니다. 할머니 앞에서 온순한 짐승이 되었던 그날의 풍경을 떠올려봅니다. 울고 있던 나의 등을 어루만지며 달래주던 할머니의 방. 나의 분노와는 무관하게 평온한 가을 한낮의 햇빛이 쏟아지

☾ 이유운 시산문집, 「당신의 뼈를 생각하며」, 『변방의 언어로 사랑하며』(아침달, 2022, 11쪽). 시인의 등단작이 수록된 해당 시산문집을 포함해 이 글에서 언급하게 될 이유운의 산문집으로 『사랑과 탄생』(1984books, 2023)이 있습니다. 본문에 인용할 경우 글의 제목과 쪽수만 표기합니다.

던 창문. 베풀며 사는 삶. 앞으로 오래 살아갈 날들이 많은 나. 그리고 그날의 우리에게 쏟아지던 가을 햇빛과의 상관관계. 할머니가 말씀하신 베풂이란 사랑과 다를 바 없다고 생각합니다. 그럼에도 불구하고 사람을 사랑하는 일. 사랑을 주고받으며 살아가는 일.

당신이 "할머니나 엄마/ 아무튼 늙은 여자들"(「sunkissed baby」)에 대한 이야기를 할 때면 나는 할머니를 떠올립니다. 나는 그녀가 그리워지거나 가끔씩 내 안의 성난 짐승이 내 삶을 잠식할 때면 사람이 미워지거나 아무도 사랑하고 싶지 않을 때면 당신의 문장을 읽으며 지금은 이 세상에 없는, 나를 남겨두고 떠난 그녀를 떠올립니다. 세상과 영영 작별한 그녀를 위해 내가 할 수 있는 일이란 그녀를 오래도록 생각하고 기억하는 일일 것입니다. "사라지더라도 없어지지 않게."(「사랑의 뼈」, 21쪽) 그녀의 당부처럼, 그럼에도 불구하고 사랑하며 사는 일이겠지요. 여기까지가 내가 고유명사로 부르던 분에 대한 이야기입니다.

다음으로 당신이 사랑하는 그분에 대해 이야기를 해보겠습니다. 당신을 '우리 강아지'라고 부르던 분. 어린 당신을 업고 성당에 가던 분. 당신이 오면 서랍장에 숨겨둔 사랑방 캔디 사탕을 입에 넣어주던 분. 사랑받을 줄 알아야 사랑하는 사람이 된다고 말하며 나뭇등걸 같은 손으로 당신의 머리카락을 쓰다듬던 분. 결혼하지 말고, 애도 낳지 말고, 강아지도 키우지 말고, 남자를 사랑하지 말고, 언제나 마리아님을 잃지 말라고 말하던 분. 무릎에 난 상처에 빨간약을 발라주며 "무릎에 상처가 많으면 멀리까지 간단다"라고 말하던 분. 속눈썹이 길고 눈 밑에 눈물점이 있는 당신의 얼굴을 보며 앞으로 울 일이 많은 당신의 삶을 염려하던 분. 어린 당신이 잠이 오지 않을 때 당신의 이마를 짚어주며 성경을 읽어주던 분. 가르쳐주지 않아도 혼자 한글을 깨치고 책을 읽는 당신의 눈을 좋아하던 분. 옅은 대추 냄새, 약 냄새, 손끝에 고된 삶의 냄새가 배어 있던 분. 햇빛 때문에 눈을 가늘게 뜨는 당신의 눈꺼풀 위로 손차양을 만들어주던 분. 당신을 위한 새로운 성경 구절을 만들어내고, 어린 당신의 발을 자주 씻겨주던 분. 누구도 미워하지 않고 살아갈 수 있는 힘을 주는 분. 나를 버리고 싶을 때 떠올리는 분. 오랫동안 자신의 얼굴과 모습에 익숙해서 누구보다도 자신에게 어울리는 것을 잘 알고 있는 분. 세상에서 제일 다정하고 꽃과 단감을 좋아하는 분. 손수건을 성실히 가지고 다니며 세련된 스카프를 두르고, 중요한 자리엔 연보라색 정장을 차려입는 멋진 그분을 상상해봅니다. 당신의 기원은 이분으로부터 시작되는군요.

그와 함께 또 하나의 사실을 알 수 있었습니다. 당신에게 피와 뼈를 물려준 여자들에 대해 이야기를 할 때면, 어김없이 '빛'이 등장한다는 것을. 희고 단단하고 "하얗고 달콤"하고 "부드러운 빛"을 가득 담고 안쪽에서 빛나는 "아름답고 영원하고 애달픈" 빛이(「부서진 빛의 의지」) 여기서 시작되고 있군요. 난 당신이 구현하는 빛이, 그분을 사랑하는 당신의 마음처럼 오래도록 빛났으면 합니다.

2. 연원을 위한 기록

당신에게 사랑을 가르쳐준 자의 당부처럼 그들에게 사랑을 배운 자는 그 사랑을 반드시 실행해야 합니다. 그들을 포함해 내가 사랑하고 나를 사랑하는 자들을 위한 일종의 보답인 셈이죠. 당신은 이와 같은 사랑의 실행을 탄생한 자의 의무라고 보았습니다. "나를 기르고 먹인 여자들의 삶을 기록"(「나는 여기서 태어났어요, 여기는 황무지」, 35쪽)하는 것에서부터 시작해, "나를 둘러싸고 있는 제도들을 짜맞추고, 의미를 부여하고, 그것을 충실하게 사랑하고 기억할 의무."(「문밖에서」, 11쪽) 그들에 의해 탄생하고 진화한 신인류의 의무를 부여받은 당신은 사랑에 대해 기록하고자 합니다.

사랑. 당신을 설명하는 데 빼놓을 수 없는 테마입니다. 당신의 문장에 무수히 등장하는 사랑의 세계를 들여다봅니다. 흥미로운 건, 무수한 사랑이 등장하고 있음에도 몇 번을

봐도 그 사랑이 지루하지가 않다는 것입니다. 모든 이들에게 만고불변萬古不變의 법칙으로 통하는 사랑이란 감정은 자칫 한없이 진부해질 수 있는 위험을 지니기 마련입니다. 실체가 없고 추상적이며 비정상적일 수밖에 없는 사랑이 지닌 속성상, 사랑이라는 명목 아래 대상을 무조건적으로 정당화하는 오류를 범할 수도 있기 때문입니다. 그런 의미에서 당신이 구현하는 사랑의 세계를 들여다본다는 건, 사랑이라는 명목으로 자행되는 무분별한 정당화와 진부함의 위험으로부터 얼마나 자유로울 수 있는지를 확인하는 일과 관련합니다.

아무거나 사랑하는 세계에 대해 말하고 있지만, 그것이 절대 무질서하거나 모호하지 않다는 점. 사랑에 대해 말하고 있지만, 사랑을 실행하는 나의 모습에 도취되어 있지 않다는 점. 사랑에 탐닉하고 있지만, 서로에게 절대적인 구원을 바랄 만큼 파국적이거나 폭력적이지 않다는 점. 영원한 사랑을 꿈꾸고 있지만,(「영원히 영원히」, 176-177쪽) 원래 영원한 사랑은 불가능한 것이라고 단호히 말함으로써 영원한 사랑이라는 말이 지닌 과도한 낭만에 잠식되고 있지 않다는 점.

난 사랑에 대해 말하는 당신의 문장에서, 사랑하는 대상과 당신 사이의 미묘한 거리 두기를 감지합니다. 무수한 사랑이 등장하고 있지만 그 사랑이 넘치지도 모자라지도 않게, 사랑에 과잉되거나 결핍되지도 않게, 사랑이 차오를 듯 말듯 한 느낌으로 끊임없이 일렁이며 읽는 사람의 마음에 '결국엔 사랑'이라는 잔상을 남기는 신비한 현상은 여기에서 비롯하는군요. 마치 과도한 낭만에 빠지지 않으면서도 사랑할 줄 아는 사람이 지닌 마음가짐처럼요. 그렇다면 사랑을 향한 당신의 정교한 거리 두기는 어디서 연유하는 것일까요. 정확하게는 "세계를 표상하는 언어와 내 존재 사이에서 흔들리는 것을 직시"(「문법적 규칙에 어긋나게 사랑한다고 말하는 방식」, 54쪽) 할 수 있는 능력 말입니다. 난 그 능력이 당신이 말하는 "충만하고 건강한"(「내 앞으로 오는 사랑에 대해」, 35쪽) 마음에서 비롯한다고 봅니다.

그러나 충만한 인간의 마음 또한 불가능하기에, 충만하고 건강한 사랑을 향한 일종의 태도에 가까운 나의 마음을 유지하는 것. "병적으로 기울어져 있고 어딘가로 곧 쏟아질 것만 같은 묘한 순간의 연속"(「나를 파괴하고자 하는 열망, 세계를 기록하고자 하는 열망」, 81쪽)으로 이루어진 사랑 앞에서 "아무것도 필요치 않으며, 오히려 충만함을 나누어줄 수 있고 어느 쪽으로도 기울어지지 않는 나"(「사랑의 얼굴을 강하게 내려치는 상상을 해」, 16쪽)를 유지하는 일. 그러면서도 나를 어딘가로 기울어지게 할 무언가를 갈망하는 일. "악의 없는 증오와 미움 없는 사랑의 태도를 가지고 있으면서도 무미건조하지 않게 사랑하는 방법"(「악의 없는 증오와 미움 없는 사랑 중에서 고르자면」, 139쪽)에 대해 골몰하는 일.

"신문지로 유리 조각을 감싸 버리면서, 그간 내가 떨어뜨린 것들을 집어주는 사람이 내 옆에 있었다는 건 내 자랑거리였음을 떠올렸다. 그러나 동시에 주워 줄 누군가에게 기대는 내가 싫었다."(「여기서부터는 나의 껍질 섬세하게 마련한 나의 훼손된 마음」, 75쪽) 난 이 구절을 보며 비비언 고닉을 떠올렸습니다. 비비언 고닉도 당신처럼 어느 쪽으로도 기울어지고 싶지 않으면서도, 결국엔 어딘가로 기울어진 지점에서 평온을 얻고자 했던 자신의 모습을 직시합니다. 고닉은 「혼자 사는 일에 대하여」에서 다음과 같이 말합니다. "(혼자 사는 일은) 통찰과 에너지는 만들어냈지만, 균형 감각이나 초연함을 가져다주지는 않았다. 열병을 이겨내는 환자처럼 외로운 저녁을 견뎌내고, 정도를 지나친 최악의 행동인 자기연민에 굴복하지 않은 나 자신을 칭찬할 수는 있었지만, 그런 일들이 불굴의 정신을 뜻하는 것은 전혀 아니었다." 이어서 고닉은 "우리가 결혼하는 이유는 자아를 발견하는 모험을 하거나 내면의 삶을 공유하기 위해서가 아니라 원초적인 종류의 감정적 위안"을 얻기 위해서라고 말하며 결혼을 비판하기도 했습니다.⏾

⏾ 비비언 고닉, 「혼자 사는 일에 대하여」, 『아무도 지켜보지 않지만 모두가 공연을 한다』, 서제인 옮김, 바다출판사, 2022, 72-73쪽

원초적인 종류의 감정적 위안보다, 자아를 발견하는 모험과 내면의 삶을 공유하는 일을 중요하게 여겼던 고닉은 이혼 후 '혼자 사는 일에 정말로 깊이 관여하게 된' 이십 년 남짓의 시간 동안 자명한 사실 하나를 깨닫습니다. 인간은 외로움으로부터 완전히 자유로워질 수 없다는 것을. 때론 원초적인 종류의 감정에서 자신도 예상치 못한 삶의 평온함을 얻을 수 있다는 것. 그러나 그 평온함이 반드시 결혼이나 유성애적 로맨스를 통해서만 이루어지는 것이 아니라는 것. 자아를 발견하는 모험이나 내면의 삶을 공유하는 일을 반드시 삶의 우선으로 여기지 않아도 된다는 것. 그렇다고 원초적인 종류의 감정적 위안만이 삶의 최선은 아니라는 것. 그 과정에서 "기쁨이나 고통 같은 단순한 문제 이상의 무언가가 결부"[*] 되어 있음을 알게 되면서부터 인간의 외로움은 시작됩니다. "또 한 편의 외로움이 시작되는 일이자 축하할 만할 괴로움"(「번식하는 숲」) 이라고도 볼 수 있겠네요.

기쁨이나 고통 같은 단순한 문제 이상의 무언가가 결부

[*] 비비언 고닉, 위의 책, 73쪽.

되어 있을 때 인간은 사랑을 갈망합니다. 난 외로움도 사랑에 기반하고 있다고 봅니다. 스스로 진실해질 필요가 있다고 말하는 고닉처럼, 어느 쪽으로도 기울어지지 않는 온전한 나란 없다는 것을 인정하면서도, 나를 어딘가로 기울어지게 할 무언가를 갈망하는 나의 욕망에 솔직해지는 일. 캐럴라인 냅도 이와 비슷한 말을 한 적 있었죠. "깊은 수준의 친밀감과 사랑을 원하는 건 나약함의 증거가 아니라 자연스럽고 좋은 일이라는 사실"⏾을요. 그간 내가 떨어뜨린 것들을 집어줄 누군가가 언제든 내 곁에 있었으면 하는 바람과 동시에 그것을 주워줄 누군가에게 기대는 나의 모습을 용납하고 싶지 않은 나의 자의식은 잘못된 것이 아니라, 지극히 자연스럽고 좋은 현상이라는 것을 이제야 알게 됩니다. 이미 우리보다 사랑에 오래 관여한 경험이 있는 그들이 남긴 글과 당신의 문장을 통해서요. 중요한 건 사랑을 대하는 나의 태도입니다.

⏾ 캐럴라인 냅, 「(한없이 한없이 한없이) 사랑받고 싶을 때」, 『명랑한 은둔자』(김명남 옮김, 바다출판사, 2020)

나는 사랑이 살균 처리된 말끔한 인생을 원하지 않는다. 동시에 사랑이 나에게 유일한 파멸이나 기원의 도구가 되지 않으며, 나에겐 여러 길을 선택할 수도 있다는 태도가 중요하다. 그러니까 우리는 다소 시시껄렁해질 필요가 있다.

—이유운, (「사랑의 얼굴을 강하게 내려치는 상상을 해」, 21쪽)

당신이 말하는 충만하고 건강한 사랑은 이런 게 아닐까요. 게슈탈트 기도문의 한 구절처럼, 나는 나의 일을 하고 당신은 당신의 일을 하는 일. 나는 당신의 기대에 부응하며 살기 위해 이 세상에 존재하지 않으며 당신은 나의 기대에 부응해서 살기 위해 이 세상에 존재하지 않는다는 것을 아는 일. 나는 나이고 당신은 당신이지만 만일 우리가 서로를 발견한다면 그것은 아름다운 일이고 그러지 못한다면 그것은 어쩔 수 없는 일이라는 마음. 사랑을 대함에 있어 시시껄렁해질 필요가 있다고 여기는 마음은 이런 것이라고 봅니다. 악의 없는 증오와 미움 없는 사랑의 태도를 가지고 있으면서도 무미건조하지 않게 사랑하는 방법. "서로에게 구원을 바라지 않는 틀에 물을 부어 만들어진 얼음 같은 사랑." (「사랑의 얼굴을 강하게 내려치는 상상을 해」, 15쪽) 사랑에 무관심하게 충실한 마음. 또다시 사랑으로 다치고 흉터가 생기더라도 '그래도 괜찮아. 너무 사랑해서'라고 말하며, 아무렇지 않게 훌훌 털고 일어나는 일. 그리고 다시금 지난한 사랑의 과정을 반복하며 나를 따라오는 고독과 불안을 견디는 일.(「여기서부터는 나의 껍질 섬세하게 마련한 나의 훼손된 마음」, 77쪽)

나는 누구에게도 기대지 않고 어느 쪽에도 기울어지지 않는 충만한 내가 되고자 하는 마음과, 또다시 한쪽으로 기울어지며 한없이 사랑을 갈망하는 나의 마음을 충실히 이행하는 당신의 모든 문장을 사랑합니다.

*

우리는 이전에 잠깐 만난 적이 있습니다. 아마 2020년의 가을과 겨울 그 사이였을 겁니다. 진부책방에서 열린 한 시인의 낭독회 자리에서였고(정확하게는 이때가 두 번째 만남이었지요) 낭독회가 끝나고 모인 식사 자리에서 우리는 마주 보며 앉게 되었습니다. 그날 당신은 눈물이 찔끔 나올 만큼의 아찔한 고통을 동반했던 발목 부분의 타투와, 외국을 여행하던 중 그 나라만이 허용한 신비한 약초를 처음으로 접한 경험담을 이야기한 바 있습니다. 이런저런 소소하고 귀여운 이야기들이 오고 가던 중 당신은 내게 나의 글을 재미있게 읽었다는 말을 건넸습니다. 누군가 내 글을 재밌게 읽고 있다는 말을 듣는 것보다 기분 좋은 일은 없지요. 당신이 재밌게 읽은 그 글은 여성 작가들의 에세이였습니다. 아나이스 닌과 헨리 밀러에 대한 이야기도 있었는데, 난 당신이 왜 그 글을 좋아했는지 알 것 같습니다. 아나이스 닌도 아니 에르

노와 마르그리트 뒤라스처럼, 사랑을 탐닉하는 일에 탁월한 재능을 지닌 여성이었습니다. 난 지금도 아나이스의 내밀하고 도발적이고 매혹적인 사랑의 문장에 매료됩니다.

아나이스 닌도 자신의 탐닉이 사랑하는 자들에게 어떤 결과를 초래하게 되는지 잘 알고 있었습니다. 연인이자 시인이었던 뮈세가 사망한 이후에 그와의 이야기가 담긴 『그녀와 그』를 발표한 조르주 상드처럼, 아나이스 닌도 그와 같은 방식을 선택합니다. 자신의 남편 휴고와 연인이었던 헨리 밀러, 헨리 밀러의 연인이자 그녀의 동성 연인이었던 준, 그녀의 사촌이자 연인이었던 에두아르도, 그 자신도 암에 걸려 사망한 이후에야 비로소 그들의 이야기가 담긴 『헨리와 준』을 발표한 것처럼요. 욕망에 충실하는 것만이 사랑의 전부가 아니라는 걸 잘 알기에, 저도 당신처럼 어떤 대상에 지나치게 몰두하는 탐닉 대신 어떤 계기를 마련하고자 합니다. 내가 사랑하는 것들을 오래오래 사랑하기 위해 몸도 마음도 충만하고 건강한 상태를 유지하는 일.

아나이스 닌은 그의 사촌이자 연인이기도 했던 에두아르도에게 묻습니다. "탐닉에 관한 욕망은 사람들이 살면서 반드시 겪게 되는 경험 가운데 하나일까? 그리고 그런 욕망을 한 번 경험하고 나면 다시는 느끼지 않게 될까?" 에두아르도는 그녀의 말에 다음과 같이 답합니다. "아니, 그렇지 않아. 본능을 자유롭게 드러내는 삶에는 여러 단계가 있지. 첫 번째 단계를 지나면 두 번째 단계가 있고, 두 번째 단계는 세 번째로, 그렇게 계속 이어지는 거야. 그것은 결국 비정상적인 쾌락으로 이어지지."☾

난 만약 당신이 아나이스 닌과 같은 질문과 에두아르도의 대답에 이어 어떤 말을 할지 상상해봅니다. 이를테면 다음과 같은 대답을요. *"난 그 욕망을 유일한 파멸이나 구원의 도구로 만들지 않으면서도 충만하고 건강하게 갈망하는 방법을 알고 있지. 사랑에 무관심하게 충실하고 무미건조하지 않게 사랑하는 방법을 말이야. 그런 욕망을 경험하고 나서도, 언제 어디서든 마치 처음 접해보는 것처럼 몇 번이*

☾ 아나이스 닌, 『헨리와 준』(홍성영 옮김, 펭귄클래식코리아, 2009)

고 새롭게 느낄 마음의 준비를 하는 방법도 알고 있지. 왜냐하면 그 욕망은 인간이 살아 있는 한 사라지더라도 없어지지 않는 것이니까.”

3. 사랑보다는 사랑을 닮은 어떤 순간들

3-1

지금부터 나열하게 될 장면들은 사랑보다는 사랑을 닮은 어떤 순간이자 내가 좋아하는 당신의 장면들. 당신이 쓴 문장을 포함한 영화의 형식을 가지고 있으며 “지나치게 극적이고, 산만하고, 제멋대로에, 필요 이상으로 아름답고, 태어난 게 아니라 미학적으로 매만져 구성된” 풍경들.☾

사막 한가운데를 먼저 걸어가며 나를 돌아보고 웃던 너. 내 귀에 꽂힌 연필을 빼주며 입 맞추던 너. 어렴풋한 새벽. 동시에 깨서 서로 허겁지겁 잡던 손. 뜨거운 여름 공기에 얼룩

☾ 이유운, 「사랑을 기술하는 자와 낭독하는 자 사이에 흐르는 강」, 『유(운)영(화)기(록) 2022년 2월호: 환희와 하얀 빛』 메일링, ver.04

진 화장을 하고 첫차를 기다리던 것.(「내 앞으로 오는 사랑에 대해」, 40쪽) 열한 살의 생일. 엄마가 머글이라 호그와트로부터 입학 편지가 오지 않았다고 투정 부리던 당신의 귀여운 유년 시절. (「오늘 밤 이 세계에는 사랑을 위한 장소는 없다」, 43쪽) 내게 아무것도 포기하지 않으려는 고집과 태도를 만들어준, 성실하고 그래서 생각하면 조금 슬퍼지는 언니들과 머무르던 예스터데이.(「사랑처럼 멈추지 않고」, 46쪽) 눈 내리는 소리와 빛이 없는 소리.(「사진의 서」, 126쪽) 영화 〈8월의 크리스마스〉, 〈클래식〉, 〈해피투게더〉, 〈퐁네프의 연인〉, 〈쉬리〉.(「사랑의 모양은 네모」, 68쪽) 푸르스름한 새벽을 닮은 한국의 연인들.(「공적 일기」, 117쪽) 모든 것이 어슴푸레하게 보여서 내 감정도 아직 어슴푸레해져 있는, 무언가를 열심히 미워하거나 슬퍼하는 기관이 멈춰 있는 하루 중 가장 고요하고 신기한 새벽의 시간.(「레이트 체크아웃」, 150쪽) "맑은 라벤더 빛/ 그런 바다가 흐르는 세계."(「바캉스」, 130쪽) 눈을 감고 얼굴을 앞으로 내밀었을 때 내 것이 아닌 속눈썹이 간지럽게 닿는 것. 음악을 사랑하지 않는 카를에게 자신이 할 수 있는 유일한 사랑의 방법—압도적인 음악의 환희를 바치는 노년의 베토벤을 연기하는 배우의 얼굴.☾ 이십 대 초반의 배고픈 고시원 시절. 새벽마다 밥을 주는 성당에서 매일 밥을 먹고 오던 일. 노숙자나 노인들 사이에서 여자애처럼 보이지 않으려고 머리를 짧게 자르고 모자를 쓰고 다니던 당신. 그런 당신에게 '더우니까 모자 벗고 와요'라는 말을 건네던 늙은 수녀의 얼굴,☾ 영화 〈3000년의 기다림〉 중 한 장면. 세 개의 소원을 들어주겠다고 하는 진에게, "나는 우리의 고독이 함께하기를 원해. 나는 불멸의 이야기에서 전해 내려오는 그런 사랑을 하기를 원해. 나는 당신이 시바의 여왕에서 느꼈던 갈망과 당신이 천재 제피로에게 주었던 사랑을 원해."라고 말하는 알리세아.☾ 영화 〈페어웰 마이퀸〉의 한 장면. 파리 코뮌이 이루어지던 혼돈의 프랑스. 바스티유 감옥까지 습격되는 정부의 위태로운 상황. 자신이 사랑한 가브리

☾ 이유운, 「태어난 환희, 만들어진 빛, 갑자기 창조되어 등장한 이 엄청난 세계」, 『(유(운)영(화)기(록) 2022년 2월호: 환희와 하얀 빛』 메일링, ver.00

☾ 이유운, 「잿더미에서 태어난 얼굴에 대하여」, 『(유(운)영(화)기(록) 2022년 2월호: 환희와 하얀 빛』 메일링, ver.08

엘 공작 부인을 궁 밖으로 안전하게 피신시키기 위해 그녀의 모습으로 변장해달라는 왕비의 부탁을 받은 시도니. 오랫동안 왕비를 흠모해 왔던 시도니. 결국 가브리엘 공작 부인의 초록색 드레스를 입고 왕비를 바라보는 시도니의 무심한 눈빛과 둥근 콧방울.☾

3-2

두 번째. 이 또한 사랑보다는 사랑을 닮은 어떤 순간이자 당신과 공유하고 싶은 사랑의 장면들.

"영원의 시간을 기다리면 다시 그가 살아날 거라는 예언"과 "그가 먹기 위해 죽였던 모든 짐승들이 다시 태어나"는 풍경처럼(「소프트 사이드」), 당신의 문장에 나오는 생과 죽음의 무수한 반복. 혹은 이러한 반복이 지속되는 꿈. 그와 동시에 자연스럽게 떠오르는 보르헤스의 문장들. 죽지 않는 사람들의 도시가 있고 꿈속에서도 꿈을 꾸기를 반복하며 세상의

☾ 이유운, 「어둠에게 말을 가르쳐 환희가 된다면, 그 환희의 입에서 시작되는 이야기에 관하여」, 『(유(운)영(화)기(록) 2022년 2월호: 환희와 하얀 빛』 메일링, ver.01

☾ 이유운, 「사랑을 기술하는 자와 낭독하는 자 사이에 흐르는 강」, 『(유(운)영(화)기(록) 2022년 2월호: 환희와 하얀빛』 메일링, ver.04

모든 순간을 기억하는 기억의 천재 푸네스가 살고 있는 보르헤스의 세계. "나보다 복지가 좋지 않은 가여운 신"(「아르바이트」)과 나 자신만을 이해하고 나에게로만 구전되는 신화를 만들어내는 문학과의 상관관계.(「너무 많은 밑줄이 그어진 유리문, 그것을 부수고 나가면 뭐가 있을 거라고 장담하지?」, 34쪽) 유령이 된 사슴. 사슴의 투명한 뿔 끝에서 꽃이 피는 기묘하고 아름다운 풍경과 닮아 있는 쉬머. 영화 〈서던 리치〉에서 '쉬머'와 닮아 있는 미확인된 숲. 끊임없이 다른 존재로 변형되며 창조되는 "누군가가 아닌 무언가."(「정적하는 숲」) 영화의 마지막 장면. 자신의 남편이 남편으로 복제된 무언가임을 알게 된 리나. 그럼에도 불구하고 남편의 모습을 한 무언가를 안아주는 그녀. "아주 오랜 옛날부터// 신의 피와 살을 먹길 원한 사람들을 생각했다"(「탈피성사」)라는 구절에서 떠오른 영화 〈본즈 앤 올〉. 태어날 때부터 인간의 피와 살을 먹어야만 살 수 있는 식성을 지닌 인간들. 영화의 마지막 장면. "나를 먹어 내 사랑"이라 말하며 죽어가는 자신의 몸을 연인 매런에게 내어주는 소년 '리'. 무덥고 습해서 생존하고 있다는 감각만 남는 나라를 여행하는 일.(「나를 파괴하고자 하는 열망, 세계를 기록하고자 하는 열망」, 75쪽) 뒤라스의 소설을 영화화한 〈연인〉의 한 장면. 긴 우기가 이어지는 베트남, 창문 밖으로 들리는 시장의 소음에 무방비로 노출되어 있는 백인 소녀와 중국인 남자. 소녀에게 내 얼굴과 이름은 잊어버려도 오늘의 오후와 이 방은 평생 기억하게 될 거라고 말하는 남자. 당신이 좋아하는 공항의 풍경과 영화 〈오직 사랑하는 이들만이 살아남는다〉의 한 장면. 오랜 시간 죽지 않고 살아온 뱀파이어 이브. 연인 아담을 만나러 가기 위해 밤 비행기를 예약하는 그녀.⏾ 설레는 표정으로 캐리어 안에 책부터 채워 넣는 이브. 여러 나라의 언어로 쓰여진 무수한 책들로 가득 찬 이브의 여행 가방. 비가 내리는 홍콩과 대만. 덥고 습한 대만의 한여름 거리. 지금은 없어졌지만 한때 대만의 근대화를 함께한 건물 중화상창을 상상하며 이제는 그리워할 수 없는 것들에 대해서 그리워하고 갈망하

⏾ 이유운, 「소멸의 발명」, 『(유(운)영(화)기(록) 2022년 2월호: 환희와 하얀빛』 메일링, ver.03

는 일(「그 어떤 그리움에는 어떤 능력이」, 141쪽), 그러자 문득 꿈결처럼 그리워지는 로예 감독의 영화들. 정치적 격동기였던 1980년대의 베이징, 그 시절을 청년기로 보낸 자들의 삶이 담긴 영화 〈여름 궁전〉. 역시나 덥고 습하고 지리멸렬한 장맛비가 쏟아지는 상하이. 인어로 환생한 나를 찾아달라는 말을 남기고 수쥬 강에 몸을 던진 연인을 찾아다니는 한 남자에 대한 이야기, 영화 〈수쥬〉.

*

당신과 나는 세 번의 짧은 만남이 있었습니다. 첫 번째 만남은 당신이 등단한 해인 2020년의 '책방이듬'으로 기억합니다. 두 번째는 앞서 말한 '진부책방'에서, 세 번째는 그다음 해인 '문학살롱 초고'에서였습니다. 책방이듬에서는 내가 속한 켬 동인의 낭독회 행사가 있었고 2021년의 문학살롱 초고에서는 당신이 주관한 낭독회가 있었습니다. 당신이 나를 처음

본 날을 기억하는 것처럼, 나도 당신을 처음 본 날을 기억합니다. 긴 속눈썹과 둥근 눈망울을 지닌 당신의 호기심 가득한 눈빛을. 저 기억력 좋죠? 내게도 소소한 것들을 기억하는, 작지만 소중한 능력이 있답니다. 언젠가 기억에 관한 글을 쓴 적이 있습니다. 당신은 그 게시물에, 애정이 담긴 댓글을 남겨주었습니다. 나 또한 당신처럼 기억은 곧 이야기라고 믿으며 그렇게 탄생한 이야기들에는 힘이 있다고 믿는 사람입니다. "내가 사랑하는 사람들로 만들어진 부드러운 기억들"(「내 앞으로 오는 사랑에 대해」, 40쪽)로 이루어진 당신의 모든 문장들을 사랑하는 이유도 바로 이것 때문이었네요.

기억을 작동하는 방식이 비슷한 것처럼, 우리는 서로 닮은 구석이 있습니다. 찐 광기의 서막이 시작되는 1930년대 사회·지식장 전공자인 것과 최애 영화와 배우들이 종종 겹치기도 한다는 점.(너드nerd부터 여신 캐릭터를 종횡무진하는 틸다 스윈튼이 나오는 모든 영화와 동그란 콧방울의 레아 세이두) 어린 시절 잠깐 바이올린을 배웠던 점. 멘털과 필력은 곧 근육에서 온다고 믿고 몸을 움직이는 일에 주력하고 있다는 점. 요가 동작에서 사바아사나를 제일 좋아하며(그 자세는 요가 동작이 아니어도 원래 좋아하는 자세라는 건 안 비밀) "오늘은 반드시 저 빨간 돌을 잡고 말 것이다!"라는 독기를 품고 몇 번이고 떨어지길 반복하며 몇 시간 동안 암벽을 오르는 집요함이 있다는 점.(그 집요함으로 뭔들 못할까! 라는 생각만 수십 번 한다는 게 문제지만) 일기를 쓰는 습관과 이삿날 수십 권의 일기장을 가장 먼저 챙긴다는 점. 내밀하고 부끄럽고 적나라한 연애사와 가족사가 적혀 있기에 지금도 책꽂이에 꽂혀 있는 수십 권의 일기장을 보며 "저 중에 하나라도 잃어버려서 나 말고 누가 읽기라도 하면 나는 죽음이라도 불사하겠다"는 의지로 힘든 일상을 견딜 때도 있습니다.(혹시 모르죠. 저 일기장에 등장하는 사람들이 모두 죽고 나면 출간될지도 모르는 일이니까요. 단 내가 유명한 평론가가 되는 전제에 한해서는.) 햇빛 한 점 들어오지 않는 고시원에서 무참하고 배고픈 이십 대를 보낸 점과 어슴푸레한 새벽의 고요함과 설렘, 서늘함과 그리움을 사랑한다는 점. 내게 사랑을 가르쳤던 할머니도 당신의 그분처럼 이름에 꽃이 들어가 있습니다.

"내 이름은 유일하지도 특이하지도 않지만 내 이름과 같은 사람은 만나본 적이 없다"(「크리올 되기」, 93쪽)는 당신의 문장을 보며, (다른 성별이면 몰라도) 나도 내 이름과 같은 성별의 사람은 만나본 적이 없습니다. 내게는 가족들 사이에서만 불리는 이름이 있습니다. 소연素淵이란 이름인데 '밝을 소昭'가 아닌 '희다 소素'라는 게 특이하다고 여기던 차에, 당신의 문장과 메일링 제목에도 등장하는 '하얀빛'이란 단어를 보며 내심 반가움을 느꼈습니다. 밝은 빛이 아닌 하얀빛이라니!(뭘 좀 아는구나 싶었지요.) 뭉게뭉게 피어나는 구름의 유운油雲처럼 그리움과 희망이 피어나며 경쾌한 인생을 전망하는(「사랑의 뼈」, 16쪽) 당신의 두 번째 이름과, 하얀 연못이라 불리는 나의 필명. 나름 어울리는 조합이지 않나 싶습니다.

속눈썹이 길고 눈 밑에 눈물점이 있는 당신의 얼굴을 보며 앞으로 울 일이 많은 당신의 삶을 염려하던 그분의 말씀처럼, 내가 태어난 날 할머니는 나를 보며 다음과 같은 말을 했다고 들었습니다.

"음력 정월 초사흘 늦은 밤에 태어난 여자아이로구나. 공출 타고 난 아이라 머슴 아들보다 공부 많이 하겠구나. 얘가 어른 될 때면 여자들도 머슴 아들 못지않게 대학도 가고 바다 건너 나라도 가는 시대가 될 거다."

정작 본인은 글을 읽을 줄 모르던 분이셨습니다. 돌이켜보면 우리에게 사랑을 가르쳐준 분들이 남긴 모든 말들은 도래할 미래를 향한 공수가 아니었나 싶습니다. 몇 수 앞을 내다보는 지혜를 지닌 자들이기도 하고요. 난 우리의 뼈에 스며든 그들의 일부가, 어떤 방식으로든 발휘될 것이라 믿습니다. 그것도 매우 근사하고 아름다운 사랑의 방식으로요.

새로운 성경 구절을 만들어 기도를 해주던 당신의 사도처럼, 나도 당신을 위한 문장을 남기고 싶습니다. 당신을 포함해 우리에게 사랑을 가르쳐준 자들과 내가 사랑하고 나를 사랑하는 자들을 위한 문장들. 그럼에도 불구하고 다시금 사랑에 빠져 무언가를 읽거나 쓰면서 건강하고 충실한 사랑을 이어갈 모든 이들을 위해.

당신의 고독과 사랑이라는 신앙과 사랑을 갈망하는 우리의 마음이 함께하기를.

영원과 잠깐 모두 몰라도 될 때까지
글 쓰고 사랑하는 유운에게.

아침달 시집 39

유리유화

1판 1쇄 펴냄 2024년 6월 1일

지은이 이유운
편집 서윤후, 정채영, 이기리
디자인 한유미, 정유경

펴낸곳 아침달
펴낸이 손문경
출판등록 제2013-000289호
주소 04029 서울시 마포구 양화로7길 83, 5층
전화 02-3446-5238
팩스 02-3446-5208
전자우편 achimdalbooks@gmail.com

ISBN 979-11-89467-61-6 03810

값 12,000원

이 책은 서울특별시, 서울문화재단 '2024년 첫 책 발간지원 사업'의 지원을 받아 발간되었습니다.